tumeur ou tutu

léna ghar

tumeur ou tutu

roman

verticales

À chaque mot défendue.

« Mais nous avons précisément choisi de parler de cette sorte de table rase, qui définit au départ toute décolonisation. »

Frantz Fanon, « De la violence »,
Les damnés de la terre, 1961.

La monstre

Une monstre horrifiante sévit dans le blanc de ma tête.

Je ne sais pas comment elle est entrée à l'an 3 ni ce que je lui ai fait pour qu'elle me haïsse autant. Elle rôde constamment. Guette. Elle rit de mes gestes comme une hyène féroce, elle me pourchasse partout à l'intérieur, elle me tord les chevilles, elle me coince les genoux, elle mouille mes mains, elle accélère mon cœur, elle me cogne la nuque, elle tambourine contre mon front, elle crache, elle mord, elle griffe, elle rue, elle s'assoit sur ma langue, elle me bouche les oreilles, elle me compresse les mâchoires, elle me scie les dents.

J'ai mal tout le temps mais je préfère encore ses coups à ses cris. Elle hurle exprès pour me faire rater chaque fois que Novatchok et Swayze me regardent. Elle me rassoit quand je me lève, elle m'ébouillante sous le robinet, elle use mes chaussures, elle troue mes pantalons, elle salit mon pyjama préféré, elle ronge mes ongles, elle gratte mes bras, elle craque mes doigts, elle m'emmêle les cheveux, elle fait tomber mon yaourt, elle me pousse de la balançoire, elle me tire la langue dans les livres, elle pisse dans mon bain, elle froisse toute ma couette.

Le pire c'est quand il est l'heure d'éteindre la lumière.

Dans le noir, la monstre fait même peur aux loups enragés sous mon lit sauf que je ne peux pas m'enfuir de ma peau.

Je veux que quelqu'un la tue mais personne ne la voit.

Je veux qu'elle meure mais je ne sais pas comment elle s'appelle.

Je cherche son nom partout.

Novatchok et Swayze croient que je suis trop petite pour entendre tous les mots alors ils attendent que je sois couchée pour parler vraiment. Je suis sûre qu'ils savent quelque chose. Je scrute leurs conversations pendant des heures, seule dans le froid de la praison. Je traque le moindre indice dans leur flot de paroles, je mémorise chaque phrase, je sonde, je trie, je recoupe, n'importe quoi qui m'aiderait à lui dire de se taire.

Le plus souvent ils sont dans la cuisine, je rampe jusque derrière le canapé jaune.

Quand ils sont sur le canapé jaune, je recule dans le couloir carreaux de ciment.

Quand ils sont dans la prairie, je m'aventure jusqu'au coin de la salle à manger.

C'est le plus dangereux. Si l'un des deux a besoin d'aller aux toilettes, il passe forcément devant moi.

Je me cache derrière le rideau.

Ou je cours dans la chambre de Grandoux.

Ou, pour la millième fois, je me fais prendre, mens, feins d'aller me recoucher, reviens dès qu'ils tournent les talons.

Sors de moi l'infinie, sors de moi l'infinie, sors de moi l'infinie, sors de moi l'infinie, sors de moi l'infinie, sors de moi l'infinie, sors de moi l'infinie, sors de moi l'infinie, sors de moi l'infinie, sors de moi l'infinie, sors de moi l'infinie, sors de moi l'infinie, sors de moi l'infinie

Chaque soir, recroquevillée pendant des heures, je caresse le dos de mon canapé jaune en implorant cette phrase sans point.

J'ai froid.

Sommeil.

Je ne progresse pas d'un millimètre.

Quand je trouverai le nom de la monstre infinie, je n'aurai plus peur.

Swayze

Swayze sent meilleur que tous les papas, surtout quand il vient juste de se raser et que sa joue est tellement douce. Il me fait voler sur ses épaules si longtemps que je ne tiens plus sur mes jambes en redescendant. Quand il croit que je dors dans la 309, il me porte délicatement jusqu'à mon lit et me borde. Il a plein d'outils, il sait tout fabriquer avec son établi et réparer avec ses mains, il fait des fauteuils, des cabanes dans les arbres, des lampes halogènes et des clafoutis aux guignes. Il se lève le premier pour préparer notre petit déjeuner. Petit Prince et moi, on préfère tous les deux la tartine du dessous. Swayze est toujours d'accord pour nous la laisser, mais il n'a pas assez faim pour manger tous les dessus, alors il a inventé la tartine du milieu. En coupant en trois un morceau de baguette dans le sens de la longueur, ça fait un dessus, un dessous et la tartine du milieu. C'est la meilleure. Délicieuse et presque sans croûte, juste ce qu'il faut sur les côtés pour que le beurre ne coule pas. À l'océan, Swayze nous fait grimper sur ses deux grandes mains en croix et nous propulse dans le ciel. Il dit qu'il ne faut pas avoir peur du désert de sable, tant qu'on suit la mer on ne peut pas se perdre.

Grandoux, Petit Prince et moi on ne doit pas passer trop de temps seuls avec Swayze sinon Novatchok croit qu'on le préfère. Ça n'arrive que quand elle se casse plusieurs jours de la praison parce que c'est trop insupportable de vivre avec des chieurs pareils. La monstre serre ma gorge avec ses crocs mais je ne le dis pas à Swayze parce que plus personne n'arrive à parler. On veut juste que Novatchok rentre à ma praison.

Novatchok

Novatchok aime tous les enfants sauf Grandoux, Petit Prince et moi. Nous on parle fort, on réclame tout le temps, on mange comme des charolaises, il faut encore nous emmener chez le toubib, et vas-y un billet de 100 pour un pauvre nez bouché, mes oreilles se décollent, Grandoux a encore déboulé ce matin alors que ce n'est pas sa semaine, Petit Prince passe son temps à chialer, c'est toujours le bordel dans nos chambres, on fout des miettes partout, on n'est jamais contents de rien, on nous donne le poignet il nous faut le bras, on n'a qu'à se démerder avec Swayze puisqu'il n'y en a que pour lui.

Heureusement que Novatchok a ses amis, les témoins. Avec eux elle est toujours si belle, et surtout elle sourit. Elle ne leur parle pas en linge sale parce que ça ne regarde que nous, grosse maline. Elle fait des blagues, elle leur propose plein d'activités, elle adore danser, elle fait de la musique en battant la mesure avec les couvercles des casseroles. Le dimanche, elle ouvre la grande baie vitrée de la prairie et elle chante JJG sur la terrasse timide des 79 lattes. Il y a très souvent des témoins à la praison. Ils viennent avec des fleurs pour parler de leurs chagrins et Novatchok leur tend des mouchoirs tout doux. Elle les écoute à la grande table en chaînes de ma cuisine en fumant JPS light sur JPS light et ils finissent toujours par rire beaucoup même s'ils pleurent.

Quand il n'y a que Petit Prince et moi à la praison, Novatchok reste très longtemps en pyjama parce que c'est mercredi. Elle prend tous les tickets de caisse de la semaine dans son portefeuille et les pose en tas sur la table. Elle ouvre son gros agenda noir mais pas pour le calendrier, elle tourne, tourne, tourne les pages jusqu'aux feuilles de notes de la fin. Là, elle recopie les dépenses qui sont écrites sur les tickets de caisse. Ensuite, elle va dans le tiroir chercher le relevé de compte qu'on reçoit le lundi au courrier et son surligneur orange. Elle revient à table et regarde si les chiffres en moins sur le compte sont bien les mêmes que ceux qu'elle vient d'écrire dans l'agenda. Elle est très concentrée, elle surligne quand c'est pareil, mais elle n'a presque jamais tout bon, ça l'exaspère. Soudain, elle enfile son manteau par-dessus son pyjama et on va vite vite dehors à la banque qui ferme à 12 h 45 pour demander un nouveau relevé à la spartiate du guichet.

Dehors

Les spartiates sont des humains comme Novatchok, Swayze, Grandoux, Petit Prince et moi, sauf qu'eux ils habitent dehors. Ils se déplacent à plusieurs dans un groupe appelé leur famille, il y a les grands spartiates, c'est le papa et la maman, et les petits, souvent deux, un garçon et une fille.

Je sais que les spartiates ne dorment pas vraiment dans la rue mais moi je ne peux les regarder que dehors, c'est pour ça que j'ai l'impression qu'ils vivent là. Ils ont sûrement des maisons blanches avec un toit pointu et un jardin rempli de fleurs, et aussi un tuyau d'arrosage. Ils sortent les poubelles. Il y a trois marches pour arriver à leur porte d'entrée. Les grands spartiates cherchent souvent leurs clés partout alors qu'ils les avaient il y a deux minutes putain. Ils ont une sonnette avec leur nom, un paillasson, une étagère à chaussures bien rangées. Ils ont des lits très confortables, une machine pour faire des frites, un escalier, des volets électriques, un tapis poilu, un garde-manger, deux télécommandes. Quand ils se lèvent le matin, ils sont en peignoir tout droit et sec, ils s'étirent et ils disent Bonjour ma chérie, tu as bien dormi ?

Enfin c'est comme ça que j'imagine mais je ne peux pas vérifier parce qu'ils ne me connaissent pas, alors je n'ai pas le droit d'aller chez eux pour regarder comment ils font. Et puis même en fait s'ils me connaissaient, ils ne feraient pas comme ils font quand je ne suis pas là, alors c'est vraiment les humains du dehors.

Le week-end, les grands spartiates ne sont pas obligés de foutre la bagnole dans ce putain de parking souterrain qui coûte un bras pour trois bacs à pisse de chat et des tulipes moisies. Ils sont à pied, ils se donnent la main et ils font des courses dans le centre-ville. On en rencontre parfois dans la rue avec Novatchok et les petits se jettent à son cou alors que je ne les ai jamais vus. Leurs yeux brillent quand ils disent à leurs parents Olala-t'as-vu-c'est-ma-maîtresse-adorée. Ils sont impressionnés de la voir dehors comme s'ils venaient de réaliser que Blanche-Neige était derrière eux sur le toboggan géant de la piscine. Ils l'embrassent, et elle aussi. Elle fait Ooooh ma poussinette, alors tu te promènes avec papaémaman, Mon petit bonhomme, Ma chouchoute, tu sais que la maîtresse aussi elle a une belle grande fille ? Je devrais pas dire ça madame, mais la vôtre, c'est un rayon de soleil.

Novatchok ne pourrait jamais changer de travail tellement c'est émouvant de regarder ces petits bouts de chou découvrir chaque jour une nouvelle merveille du monde. Je veux qu'ils meurent dans un trou.

Hector

J'ai enfin le droit d'aller à la belle école pleine d'arbres tout près de la praison mais les petits spartiates de ma classe sont bizarres. Ils parlent, ils crient, ils pleurent, ils rient. Ils se roulent par terre quand leurs parents s'en vont. Ils disent ce qu'ils n'aiment pas à la cantine, ils boivent du lait, ils ont des goûters, des habits préférés, ils ont froid, chaud, envie de faire pipi. Quand ils se blessent, ils appellent leur maman. Ils se tapent, se fâchent pour toujours sauf qu'une minute plus tard ils se réconcilient et se câlinent sur la balançoire. Ils foutent le bordel dans la grosse dînette et remplissent leurs coloriages de soleils. On dirait qu'ils ne pensent à rien d'autre qu'à jouer.

Moi, tout ce que je veux, c'est porter mes lunettes sans verres et parler à Hector. On se ressemble sur tout, à part qu'il n'a pas de jambes ni de bras. Je fais très doucement pour aller le retrouver parce que la petite maîtresse ne veut pas qu'on l'approche. On a seulement le droit de le regarder derrière la vitre. Hector aussi mange beaucoup, et même des choses plus grandes que lui. Il étouffe les souris en s'enroulant autour d'elles et en les comprimant pour que la pression de leur cœur augmente tellement qu'elles explosent à l'intérieur. Oui, ce serait plus gentil de les assommer d'abord, mais justement, Hector aime les regarder souffrir et mourir lentement, c'est pour ça qu'elle dit qu'il est dangereux. Hector change entièrement de peau plusieurs fois par an. La petite maîtresse ne sait pas si la méchanceté disparaît un peu à chaque mue.

Hector n'a pas le droit de venir au ski parce qu'il risque de s'enfuir de son aquarium sans eau et de nous attaquer. Je lui fais confiance parce qu'il est très gentil et mince mais je ne dois pas oublier qu'en vrai il fait pareil avec les enfants qu'avec les souris. Au ski, le soir avant de dormir, la petite maîtresse chante une très belle comptine. Les petits spartiates sont tellement contents qu'ils gigotent partout en faisant plein de bruit et je peux en profiter pour pleurer beaucoup derrière la rambarde du lit superposé. La voix de la petite maîtresse est douce au milieu des plis de sa vieille peau qui sourient.

Carnaval

J'ai déjà vécu six mille trois cent dix-sept heures rien qu'avec Novatchok mais je ne m'en souviens pas parce que j'étais pas née. Aujourd'hui, elle me maquille dans la salle de bains. C'est la fête de l'école. Je vais enfin pouvoir leur montrer à elle et à Swayze le rhinocéros en papier mâché qu'on a fabriqué avec la petite maîtresse. Je raconte tout tout tout à Novatchok, je suis embarquée par ma propre joie, et la farine, et le papier journal, et l'agrafeuse, et le déguisement des petits spartiates, et le sopalin et le pinceau et la colle et la peinture à l'huile et la petite maîtresse qui nous a montré que BEUM.

La baffe est beaucoup plus grosse que ma tête. Ça fait un bruit d'applaudissement raté à cause de ma joue moite. Derrière mes yeux, c'est comme quand la marée remonte, il y a de l'eau, beaucoup, qui dévore le sable. Swayze dit que les vagues sont plus fortes que les humains parce qu'elles ne savent pas se calmer toutes seules, elles ne font que grossir, c'est pour ça qu'elles finissent toujours par nous mouiller les pieds. C'est pas méchant, c'est juste que la mer a besoin de se nettoyer, mais il faut faire attention. Je serre les poings et les dents pour ne surtout pas abîmer le papillon sur ma pommette, mais une grosse larme chaude réussit à s'échapper.

Novatchok dit que je ne vais pas encore pleurnicher pour une pauvre petite tape sur la joue alors qu'on est déjà à la bourre, mais elle a quand même l'air très triste à cause du grand silence. Elle prend ma main droite toute molle et se gifle avec en disant Arrête de pleurer, pardon, parle, allez arrête je te dis, frappe-moi toi aussi, venge-toi, vas-y, tape-moi, vas-y.

Grandoux

Grandoux n'est jamais en colère contre moi alors qu'il aurait le droit, tous les grands frères que je connais sont comme ça, il y a même des spartiates qui en rient entradultes, Tu te souviens quand tu m'étouffais avec ton oreiller ? Quand tu m'avais enfermée dans la cave ? Quand tu m'as virée de la boum de ton an 10 ?

Grandoux ne ferait jamais ça. Grandoux me protège mais Grandoux n'est pas toujours là. Il est l'enfant de Swayze, pas de Novatchok. Je le sais parce qu'une semaine sur deux il ne dort pas dans sa chambre et parce que lui c'est pas exactement pareil. Il est différent c'est vrai, il est dans son monde, il parle doucement, on comprend rien parfois, il détale dès que ça gueule, il mange trop et des trucs qui sont même pas à lui, il met de l'eau partout quand il se douche, il vient jouer avec nous alors que c'est même pas sa semaine et ça c'est pas le contrat mon petit gars. Les trapèzes de Swayze gonflent quand il entend ça, la veine au milieu de sa main droite palpite. C'est que des mensonges, Grandoux est le plus gentil des enfants, et moi j'adore quand il me fait la surprise de venir me voir en

BMX, mais personne ne le dit, et même pas Swayze, sinon Novatchok se fâche encore plus fort, déjà qu'elle est crevée et qu'on n'est pas foutus de la mettre en sourdine bordel de merde.

Heureusement, le 57, l'autre maison de Grandoux, est un palais. Là-bas, il a le droit de regarder ce qu'il veut à la télé, il y a des goûters dans les placards, il invite ses copains et sa mère ne pleure pas à cause de tout ce qu'il fait pour que ça se passe encore mal. Il a même une intimmensité dans sa chambre. Je ne sais pas quand il revient enfin à la praison mais avec Petit Prince on espère chaque soir que c'est demain. Grandoux fait tout pour nous faire plaisir. Dès qu'il arrive on lui saute dans les bras et il dit J'ai quelque chose à vous montrer dans ma chambre, vous venez ?

On explose de joie et on le suit en trottinant. Parfois il me prend dans ses grands bras, parfois on fait la course en démarrant de ma porte. Droite, couloir froid, carreaux de ciment, gauche, choc thermique, moquette grise, saut de canapé jaune. Grandoux est devant, on contourne la table basse, saut vers la poutre porteuse, traction et prise d'élan qui me précipitent vers le deuxième choc thermique, carrelage ancien, larges dalles marron, encore plus froid que le couloir. Pic à 90 degrés gauche, on longe la banquette et là on court, jusqu'au fond du salon, droite, portes de saloon battantes vers le troisième et ultime choc thermique, moquette avions à réaction, ça y est, on est devant sa chambre !

Grandoux fait son sourire malicieux et nous demande de fermer les yeux. Ça dure des heures avant qu'il dise

Vous pouvez entrer ! On pousse sa porte en riant déjà et le miracle se reproduit. La pluie magique dégringole du ciel, les délicieux bonbons qu'il a disposés là-haut sur l'arête se répandent sur nos cheveux, rebondissent sur nos épaules, recouvrent nos pieds. Parfois il accepte de partager notre trésor, mais la plupart du temps il se contente de nous regarder le dévorer avec un immense sourire.

Grandoux est toujours d'accord pour que je me cache dans sa chambre mais on ne parle pas de ça. Il ne prononce pas souvent des mots, lui c'est beaucoup mieux : il dessine. J'ai le droit de rester si je ne fais surtout pas de bruit. Je regarde ses longues mains caresser le papier, il hésite, tangue du poignet, comme une préparation secrète, puis, soudain, d'un seul mouvement, se met à former des courbes magnifiques avec son crayon. Au bout d'un moment très long, il relève enfin sa main pour que je puisse voir dans le grain de la feuille. C'est une incroyable panthère noire avec une couronne et un sabre, tellement puissante qu'elle fait peur aux taureaux dans mes poumons. Il est timide alors je ne lui dis pas trop que j'adore vraiment mieux quand il est là. Grandoux est mon grand frère sacré.

Petit Prince

Je suis sûre que Petit Prince a comme moi, un arbre mort coincé en bas du dos. Il est beaucoup moins sage que Grandoux. Il hurle dans son sommeil et fait des crises tellement fortes qu'après il ne bouge plus. Ça fout un putain de bourrier à la praison qui empêche Novatchok de dormir. Swayze le douche à l'eau vraiment tiède ou l'assoit sur la cuvette gelée des toilettes pour le réveiller. Je veux tout le temps jouer avec Petit Prince pour moins sentir les racines grandir dans mon ventre et se faufiler partout comme celles de l'hibiscus depuis qu'il est dans le grand pot.

Un jour, je fabrique à Petit Prince une balançoire extraordinaire dans mon noyer, au fond de la prairie. Je monte la première dans l'arbre, puis j'attrape mon frère par la main. Je le tire vers moi et l'assois sur le virage du tronc. Ensuite, je noue un bout de la corde autour de sa taille. Je fixe solidement l'autre extrémité à la plus haute branche. On rit comme des fous. Quand tout est prêt, je le pousse très fort dans le vide pour le faire tournoyer et rêver sur cette balançoire magique. La petite maîtresse ne m'a pas parlé de la gravité, je ne sais pas que le nœud va se serrer d'un coup sec autour de son ventre et saucissonner Petit Prince comme Hector avec les souris.

Je n'ai pas le temps de défaire le lien avant le coup de pied au cul qui me culbute vers le bac à nénuphars. J'ai voulu étouffer mon frère parce que je suis une sale petite merdeuse jalouse qui veut toujours lui faire du mal. Celle-là, je vais m'en souvenir, je n'ai pas intérêt à bouger de là, on va avoir une petite conversation entre quatre yeux, Novatchok et moi, ça me mettra peut-être un peu de plomb dans la tête, pauvre abrutie.

Nuée

N&D sont frère et sœur comme Petit Prince et moi, et Grandoux et moi, sauf que N&D sont nés le même jour, c'est pour ça qu'ils sont tous les deux dans ma classe.

Je n'aurais jamais dû sortir de l'école en même temps que N&D.

Je n'avais pas pensé que N&D auraient forcément des parents, Gorgeon et Vampa.

C'est à cause de moi que Gorgeon, Vampa, Novatchok et Swayze se sont parlé devant l'école.

Ils s'aiment tellement maintenant qu'on ne voit plus que Gorgeon et Vampa et les enfants N&D. Après la classe, le week-end, les vacances, tout le temps. Il y a une nouvelle règle dans ma praison. On n'est plus entre nous qu'un seul soir sur trois. Le deuxième soir sur trois, Novatchok n'est plus là. Elle le passe avec Gorgeon. Le troisième soir sur trois, c'est Swayze qui n'est plus là. Il est avec Vampa.

Gorgeon

Je hais Gorgeon.

Ce tas de gras déboule dans le sas de ma praison deux fois par semaine. Il ne frappe pas, il entre, en jouant toujours la même musique insupportable avec l'os de son index sur le carreau de la porte marron. Gorgeon sent la crème moussante de la caisse d'Intermarché. Il a une espèce de boule comme s'il s'était trop mordu la lèvre inférieure qui me mouille la joue quand il me fait une bise. Il ne rit pas, il rigole, et ça le fait ronfler.

À 19 h 03, il n'y a que Swayze et moi dans l'entrée de la praison. Swayze et Gorgeon se serrent une main froide. Ils ne sont pas amis. Petit Prince ne doit pas savoir qu'on est encore mardi, il ne sort pas de sa chambre. Vers 19 h 06, Novatchok surgit du couloir carreaux de ciment. Les soirs de Gorgeon, elle sent bon, et sourit. Gorgeon bave sur sa belle mandibule. Il fait toujours nuit noire quand il bouche notre entrée. Novatchok est pressée. Ils partent tous les deux et ne reviennent que très tard, un nombre aigu entre 1 heure et 2 heures, le plus souvent 1 h 37. Je ne sais pas où elle va, je ne sais pas ce qui se passe entre 19 h 11 et 1 h 37.

La ville est petite mais les témoins ne parlent jamais de ça. Novatchok et Gorgeon doivent se cacher, mais se cacher de quoi ? de qui ? et où ?

Swayze nous prépare des carbonaras, ou parfois même des pizzas, et nous regarde faire semblant de jouer. Il se couche tôt parce qu'il est fatigué, surtout quand je demande où est Novatchok. Je vais dans mon lit mais je ne ferme pas les yeux. Je me relève quand il n'y a plus de bruit et je vais dans la cuisine pour lire le mot. Swayze en laisse toujours un sur la table en chaînes pour Novatchok. Il raconte notre soirée merveilleuse. Il n'écrit jamais rien à propos de ce qu'elle a fait elle, aucun indice. Est-ce que lui sait où elle est ? Est-ce qu'il est vraiment sûr qu'elle va revenir ? Et si elle voulait vraiment revenir mais qu'elle ne pouvait pas ? Est-ce que la porte bleue est bien ouverte ?

Pour entrer dans la praison, il y a trois portes. En partant du trottoir c'est : le grand portail, la porte bleue, la porte marron. La porte bleue, celle du milieu, se ferme seulement de l'intérieur avec un verrou tellement ancien qu'on n'a jamais eu la clé. Si le verrou a été enclenché sans faire exprès, Novatchok ne pourra pas rentrer, elle devra dormir dehors avec la grêle et les loups, et peut-être mourir. Je dois vérifier. Je pousse doucement la porte marron pour ne pas réveiller Swayze. Je me faufile jusqu'à la porte bleue. C'est ouvert, je respire dehors. Je préfère quand même fermer le verrou puis le rouvrir moi-même, pour être sûre. Je recule sur la pointe des pieds, je referme la porte marron, le carrelage est froid, je rampe jusqu'au canapé jaune, je voudrais dormir, demain on a basket, j'adore, je remonte le couloir carreaux de ciment, j'attrape la poignée de ma chambre, je ne peux pas entrer. Mon cœur bat beaucoup trop vite, le gros nuage gris commence sa tornade entre mes tempes, je voudrais dormir mais je ne pense qu'à une seule chose : Et si Novatchok voulait vraiment revenir mais qu'elle ne pouvait pas ? Est-ce que la porte bleue est bien ouverte ?

Je ne peux rien faire contre les ordres dans ma tête. Je dois y retourner. Je refais en boucle ma vérification, fermer et rouvrir le verrou, fermer et rouvrir le verrou, jusqu'à entendre le moteur du Berlingo vert sapin de Gorgeon. Je détale dans ma chambre et il s'écoule encore de longues minutes avant que Novatchok ne pousse la porte marron. Je guette le bruit du dentifrice dans la salle de bains. Quand elle est enfin couchée, je vais lire son mot dans la cuisine. Novatchok laisse toujours sa réponse sur la table, même quand elle est partie fâchée contre nous. Elle dit à Swayze que sa soirée était douce et lumineuse. Elle espère que la nôtre aussi, qu'on a bien mangé et ri en jouant tous les trois mes petits trésors, elle a hâte de nous retrouver demain.

Vampa

Je déteste moins Vampa parce qu'elle ne vient pas enlever mon père à l'intérieur de ma praison. C'est Swayze qui va la chercher en 309. Il est rasé de près et sent bon Eternity quand il vient me dire au revoir. Souvent il a des petites coupures au menton, je pense qu'il a mal à cause de l'éthylhexyl mais il dit Ça va, ne t'inquiète pas ma Petite Princesse.

Quand il n'est pas là, on énerve encore plus Novatchok. Elle ne veut pas nous aider pour nos devoirs, elle s'est déjà tapé des drôles toute la journée. Elle n'a pas envie de jouer, elle s'est déjà tapé des drôles toute la journée. On ne va quand même pas se foutre à chialer, elle s'est déjà tapé des drôles toute la journée. C'est elle qui décide le repas. Ça nous fera pas de mal de moins bouffer, on est gras. Je ne reprends pas de beurre. Je lui sors le fromage. Je me tiens droite. Je déglutis comme un veau. Je la dégoûte. Je vais répondre au téléphone. Petit Prince doit fermer le portail et les volets pendant que je range la cuisine. Elle prend la meilleure place du canapé jaune, celle de l'angle, met ses lunettes. Elle rapporte le petit coffre à chocolats qu'elle cache dans sa chambre, elle en mange plein à côté de nous mais on n'a pas le droit d'en avoir. On a déjà bouffé un yaourt, ça va peut-être aller. On regarde l'émission qu'elle veut. Elle rit beaucoup grâce aux spartiates dans la télé.

Je sais qu'à 21 h 30 Novatchok va dire Allez stop, je vais téléphoner. 21 h 29, extinction de la télé, Oui oui elle viendra me faire un bisou, bonne nuit, Allez stop, je vais téléphoner. Je sais qu'elle va oublier à cause de tout ce qu'elle a à penser quand elle nous a sur le dos. Je me relève pour faire semblant de la rencontrer dans le couloir quand elle ira se coucher.

Sors de moi l'infinie, sors de moi l'infinie, sors de moi l'infinie, sors de moi l'infinie, sors de moi l'infinie, sors de moi l'infinie, sors de moi l'infinie, sors de moi l'infinie, sors de moi l'infinie, sors de moi l'infinie, sors de moi l'infinie, sors de moi l'infinie, sors de moi l'infinie, sors de moi l'infinie

Elle s'enferme dans la chambre de Grandoux qui n'est pas là et appelle Gorgeon pendant des heures. Je veux tout écouter pour ne rater aucun indice. Le danger est immense. Pour coller mon oreille, je dois réussir à franchir les portes battantes de la buanderie, juste avant la chambre de Grandoux. Jusqu'à l'an 6, je peux ramper dessous mais après je ne passe plus avec tout ce que je me fous dans le goitre. Je dois inventer une technique. Je tire tout doucement le battant droit, celui qui ne grince pas, je me glisse entre les deux portes et je m'assois sur la moquette avions à réaction. Si Novatchok m'entend, elle me tuera. Ça sent très fort la JPS light. Je ne reconnais pas sa voix. Elle est plus grave et en même temps plus joyeuse. Sa façon de susurrer des mots que je ne connais pas me met hors de moi, mais c'est encore pire de ne pas savoir ce que le gros Gorgeon répond.

Armadada

À l'an 7, je trouve une idée pour dormir : je demande une veilleuse quatre couleurs. Comme il sait tout faire avec ses mains, c'est Swayze qui la fabrique. Ma veilleuse ressemble à une longue langue en carton avec une toute petite ampoule au milieu. Au-dessus de l'ampoule, il y a une roue en plastique transparent, grande comme un CD et découpée en quatre parties : une verte, une orange, une jaune, une rouge.

Vert : Swayze et Novatchok sont à la praison.

Rouge : Swayze et Novatchok ne sont pas là. C'est Grandoux qui nous garde, on joue tous les trois avec Petit Prince.

Orange : Swayze est là, Novatchok est dehors avec Gorgeon.

Jaune : Novatchok est là, Swayze est dehors avec Vampa.

Au début, tout fonctionne. Je m'endors un peu et quand l'orage me réveille sous la peau, la veilleuse me dit qui est là. Mais au bout de même pas dix jours, je comprends. C'était un mensonge. La veilleuse ne change pas toute seule de couleur. Un mercredi à 00 h 48, Swayze entre dans ma chambre, il sent encore bon, je pense qu'il va me faire un bisou mais en fait c'est lui qui tourne la roue parce qu'il croit que je dors.

Témoins

Les témoins sont aussi des humains adultes mais différents des spartiates. Ils ne vivent pas dehors parce que je suis déjà allée chez eux, même s'ils sont tout le temps dans ma cuisine. Il y a des lunettes, des rauques, des chauves, des timides, des gentils, des fêtards, des très sensibles, des qui parlent fort, des plus vieux, des moins jeunes, des dents jaunes, des mous, des excités, des toujours en vadrouille, des plan-plan. Les témoins sont mieux que les spartiates et c'est pour ça qu'ils ont le droit de venir autant qu'ils veulent à la praison. Ils ont besoin de nous parce que leurs familles sont nulles. Ils nous envient d'être aussi heureux tous les cinq. Grandoux, Petit Prince et moi, on est des enfants exemplaires, admirables, adorés de nos parents. Novatchok et Swayze sont extraordinaires. Un couple tellement uni, lumineux, ouvert, bienveillant, drôle, toléreux, générant, moderne, à l'écoute. Quelle chance on a.

Novatchok et Swayze n'aiment pas quand je fais semblant de lire sur le canapé jaune pour écouter tout ce qu'ils racontent avec les témoins. Ils croient que je m'emmêle dans ce qui ne me regarde pas alors que ça ne veut rien dire.

Novatchok et Swayze parlent dans une autre langue quand ils sont avec leurs amis, la continence. Elle est pleine de mots inconnus qui se chuchotent, qui expliquent tout et que je veux absolument savoir mais que je n'ai pas le droit d'entendre. Ça s'appelle le respect ma petite chérie. Les adultes ont besoin d'être tranquilles pour avoir des conversations qui ne me concernent pas. Ils ont quand même droit à leur intimmensité en aparté. Ils parlent de choses et d'autres, de problèmes privés, de sujets qui n'intéressent pas les enfants, eh oui navrée de t'apprendre que tu n'es pas le centre du monde.

Je ne peux pas demander aux témoins s'ils connaissent des enfants qui n'arrivent pas à rire à cause des coups de cornes dans leurs genoux. C'est Drapoblanc qui me l'a dit, Aaah ça, ma petite, moi j'ai rien vu, rien entendu, c'est votre linge sale. Ils ont tous l'air terrifiés dès que j'ouvre la bouche. Novatchok pense que j'ai un don, c'est de toujours poser les questions qui mettent tout le monde bien mal à l'aise.

Toto

On a de la chance à la praison, on communique et c'est pas comme ça chez tout le monde crois-moi. En linge sale, Novatchok nous donne des petits surnoms rien qu'entre nous. C'est surtout quand on est vraiment ingérables putain. Elle c'est Bibi, Swayze c'est Ô-Pârdon-Monsieur-Grands-Principes, moi c'est Mémère ou Gnégné, et Petit Prince c'est Polo ou Toto. Je suis sûre que Novatchok le préfère, elle lui a écrit une chanson.

Eh dis donc Toto
Tu crois qu'ils vont se ranger
tout seuls, tes dominos ?

J'ai autre chose à foutre, tu vois
Bibi elle a déjà bien donné
T'as pas trop à te plaindre, je crois

Je suis pas arrivée à 43 piges
pour qu'on me traite comme ça
Bouge-toi fissa mon gars.

Pain surprise

On fait une grosse bouffe avec les témoins pour l'anniversaire de Frangipane, je pourrais peut-être faire un sourire pour l'occasion et même m'habiller un peu si c'est pas trop me demander. Novatchok me tend une robe bleue constellée de lucioles et serrée à la taille par un élastique jaune. Va aussi falloir faire quelque chose pour les cheveux, on dirait toujours que je sors du lit. Elle est heureuse de me faire une tresse africaine. Je m'assois face à l'évier de la cuisine et elle sort la fourche. Oh non, pas la fourche s'il te plaît, ça fait trop de bruit comme une faux dans les blés d'un crâne tout sec. Il faut toujours que je fasse un drame de tout, on ne comprend rien à ce que je dis, c'est un peigne, pas une moissonneuse-batteuse, et puis de toute façon elle n'a pas de brosse. Putain de herse de nœuds, j'ai raison en fait avec mon histoire de champs, on dirait du foin, mais comment je me démerde exactement pour toujours tout abîmer alors que je pourrais avoir une si belle tignasse.

Une fois qu'elle a bien repassé toutes les boucles, Novatchok se lance dans la pièce montée. Elle attrape mes cheveux par les côtés pour former une queue de cheval, enfonce ses doigts dans mes tempes et aplatit la coiffe avec ses paumes mouillées. Elle ne sent pas mon cou trembler à force d'être tiré vers l'arrière. Elle attache le tout avec un élastique rêche puis forme une grosse aubergine un peu flétrie qu'elle fixe avec des épingles pointues sur le haut de mon crâne. Voilà, allez, tourne-toi, montre-moi un peu. Je ressemble à un jouet déguisé par un enfant préoccupé, je souris. Tu vois que ça fait du bien de se sentir jolie une fois de temps en temps, tu dis Merci Maman chérie que j'aime ? Allez maintenant va mettre tes chaussures, les petites sandales hein, pas tes baskets pourries.

Pavillon

Je vais à l'école avec un pansement blanc en haut de l'oreille. C'est à cause du petit ciseau de la cuisine mais c'est pas la peine de le claironner sur tous les toits, c'était un accident.

Je veux que ma maîtresse lapine voie qu'il y a du sang sous le pansement. À la récré, je passe devant elle en rangeant mes cheveux derrière mon oreille pour bien lui montrer. Elle continue à parler sur le banc avec la maîtresse guéridon. Je fais semblant d'aller jusqu'à la classe et je reviens lentement, en rabattant plus fort mes cheveux. Le pansement mord mon oreille, je suis sûre qu'on ne voit que ça, mais la maîtresse lapine, rien, elle rigole avec ses grandes dents orange et marron. Je cours aux toilettes à l'autre bout du préau, hop, demi-tour, je me rapproche du banc, j'envoie ma bille par terre, juste devant les maîtresses. J'attache mes cheveux cette fois, je prends tout mon temps, je me baisse, très doucement, vers la bille. Je suis un pansement blanc géant, on ne voit que moi, on ne voit que ça, je veux que la maîtresse lapine devine le sang marron sous le pansement blanc, je veux que quelqu'un sache que mon oreille est coupée, même si ce n'était pas exprès. Mais elle ne bitte rien, rien, rien. Elle attend le printemps, comme tous ces débiles de spartiates qui parlent devant le portail quand ils viennent chercher leurs enfants le soir.

Je ne peux pas montrer le pansement à Petit Prince parce qu'il crie déjà la nuit. Je ne peux pas le montrer à Grandoux parce qu'il est parti de la praison pour toujours. Je ne peux pas le montrer aux petits spartiates parce qu'ils ne pensent qu'à jouer. Je ne peux pas le montrer à Swayze parce qu'il le sait très bien, c'est lui qui me l'a mis.

J'aimerais juste que quelqu'un me demande si ça gratte, le sang sec. Je le ferai voir à la dame mannequin que j'ai absolument voulue pour mon an 8. Elle est exactement comme celle qui porte les vêtements dans le magasin préféré de Novatchok. Elle n'a ni tête ni bras ni jambes, mais des gros seins tout nus et le début d'un cou. Sa peau beige est en coton doux. Elle reste toujours sage debout à côté de mon lit. Je peux lui raconter tout ce que je veux parce qu'elle n'a pas d'oreilles. Je lui fabrique des bras en mousse pour qu'elle puisse me serrer dedans quand il faut encore faire semblant de se coucher.

Hadok

Novatchok vient nous chercher à l'école avec un grand sourire, il y a une surprise pour nous à la praison ! On imagine des centaines de choses dans la 309 avec Petit Prince, mais on est loin du plus extraordinaire des cadeaux qui nous accueille : Hadok. On en rêve depuis des mois, des années, des siècles, depuis que Grandoux a disparu dehors et qu'on n'a plus jamais de pluie de bonbons. Hadok nous aboie dessus et on se colle au radiateur, on a peur, mais en fait, c'est bon, il est très gentil. On court tous les trois dans la prairie, on le balade, on le fait jouer, on l'emmène partout, on ne parle que de lui à l'école. Il dort sur le carrelage froid, Novatchok en a ras le bol de passer ses journées à Intermarché, je n'ai qu'à y aller moi si j'ai 98 balles à foutre dans une panière.

Tous les soirs, je reste avec Hadok pour qu'il puisse s'endormir. Je lui caresse parfois le ventre mais le plus souvent c'est le visage, du haut de l'oreille gauche à la mâchoire. J'appuie fort en descendant dans le sens de ses poils, en bas dans son cou je lève la main, et je recommence depuis le haut. C'est doux. Au bout d'une heure ou deux, son oreille est très chaude. D'habitude, il me lèche le poignet pour me demander d'arrêter et s'endort gentiment, mais un mercredi il grogne au lieu de fermer les yeux.

Je le chatouille un peu sous le menton pour qu'on se réconcilie mais d'un coup, sans prévenir ou même se secouer un peu, il m'attrape la tête dans sa bouche. Il est si gentil ce petit chien, il n'appuie pas du tout, il me prend juste le visage pour que je comprenne qu'il en a marre, sans bruit ni rien, comme moi quand je m'enferme dans les toilettes. Hadok ne fait pas exprès mais un croc entre dans mon menton, un seul, un croc du bas, ça prouve bien qu'il n'a pas appuyé sinon il y aurait eu quatre problèmes. C'est un soir jaune, il n'y a que Novatchok. Avec Petit Prince on pleure déjà, on ne veut pas aller lui dire, en plus j'ai pas mal du tout, mais il y a un trou.

À l'hosto, le toubib dit Les animaux bla-bla-bla sang humain bla-bla-bla, après c'est vous qui décidez du risque pour vos enfants madame, mais moi je vous dis qu'il recommencera. Le lendemain en rentrant de l'école, le carrelage est vide, Hadok a disparu. Petit Prince est inconsolable. Il dit que je devais le laisser tranquille au lieu de tout le temps lui caresser l'oreille. À cause de moi, il a perdu son meilleur ami.

Embarras du choix

La meute obscène me salit tout à l'intérieur, comme si des loups s'entretuaient jour et nuit dans ma rivière de vase. Ma nuque se gorge de boue en plein milieu de n'importe quoi, n'importe quand, surtout quand je m'amuse et que pour une fois je ne pense pas à elle, comme le jour où Grandoux est revenu nous chercher avec Petit Prince pour qu'on aille se baigner. Swayze ne peut pas me nettoyer à cause de tout ce qu'il a à faire. Il traîne toujours sa liste :

- Mettre rustine vélo
- Retrouver musique coiffeur (Mozart ?)
- Échange Leroy Merlin
- Repasser robe
- Réparer gouttière
- Changer tuile toit garage
- Démonter tracteur
- Écoper vieille barque
- Déplacer grosse armoire
- Changer ampoule cuisine
- Agrandir établi
- Trier cruciformes

- Recoudre fauteuil
- Faire sandwich pique-nique (+ chips ?)
- Cueillir fruits
- Tondre pelouse
- Couper arbres
- Étendre linge
- Scier bûches
- Courir
- Siffler
- Sourire

Dumbo d'or

Je suis encore contagieuse mais Swayze ne peut pas me garder à cause du boulot qui a l'air bien plus intéressant que la praison si on compte le nombre d'heures qu'il y passe pendant que Novatchok gère tout le merdier, comme si elle, elle n'avait que ça à foutre. Elle va m'emmener dans sa classe, on est déjà à la bourre, elle se gare au frein à main sur le parking de l'école, sort en trombe de la voiture, fonce dans sa classe.

On s'assssssiiiiiieeeeeed s'il vous plaît, Maîtresse est là. Chuuut ! Alors les enfants, chuuuut Dumbo, c'est qui cette grande fille, vous la connaissez ? Vingt-cinq paires d'yeux et autant de sourires baveux m'encastrent dans le mur. C'est… ? C'est… ? Pimprenelle, t'as pas une petite idée ? Non, c'est pas votre nouvelle maîtresse, vous n'aimez pas la vôtre ou quoi ? – Siiiiiiiiiii ! – Ah je préfère, haha ! Alors c'est qui cette grande fille ? Dumbo je t'ai demandé de te CALMER, oui Pocahontas je t'ai entendue, répète bien fort pour que tout le monde t'entende ma puce ! – Fétafiye ! – Eh oui Pocahontas, bravooo, c'est ma grande fille ! Vous dites bonjour ? – Bonjjjjjour ! Je rends un sourire momifié.

Novatchok dit Allez, on va montrer à ma grande fille ce qu'on fait tous les matins. C'est l'heure de lire la belle histoire !!! Elle choisit un album et l'ouvre avec le plus grand sourire que j'aie jamais vu, même avec Gorgeon. Je la regarde s'émerveiller au fil des phrases, tourner les pages dans cette extase inconnue. Elle prend des voix différentes pour chaque personnage, tape des pieds, imite les animaux, chante les comptines, elle rit, elle se demande pour de vrai ce qui va arriver à Grand Ours. Ce petit crevard de Dumbo n'a pas l'air de comprendre sa chance, il continue de gesticuler et n'arrête pas d'emmerder Idéfix. DUMBO C'EST LA DERNIÈRE FOIS QUE JE TE DEMANDE DE TE CALMER, APRÈS TU AURAS AFFAIRE À MOI.

Cette voix, plus terrifiante que toutes mes nuits d'ouragan. Les petits spartiates rentrent la tête dans les épaules. Y a juste Pongo, solide, qui tente Arrête Dumbo elle t'a dit la maîtresse, on écoute l'histoire. Je retiens mon souffle, croise le regard de Pocahontas qui a bien compris que c'était pas le moment de la ramener, même pour les gentils. Novatchok n'a pas besoin d'armes, elle nous tient en joue de ses yeux bleu glace. Il n'y a plus un bruit dans la classe, ça se rassoit bien droit, ça ferme son feutre, ça se gratte la cuisse, ça range ses mains, ça se ronge les ongles. Ce grand kamikaze de Dumbo éclate de rire. Au secours. Je coagule. On va tous y passer. Novatchok pose son stylo, ferme son livre, traverse la classe, se poste au-dessus de Dumbo, lui attrape un lobe, se colle à deux millimètres de sa sale tronche et lui hurle à la face : ALORS MAINTENANT TU

VAS VOIR CE QUI ARRIVE QUAND ON SE FOUT DE LA GUEULE DE SA MAÎTRESSE MON PETIT BONHOMME !

Il a percuté trop tard ce con, il est tout blanc, elle le saisit par le col, l'oblige à se lever, il n'essaie même pas de parler, il a peur, enfin, elle prend son cartable de l'autre main, le tire vers le couloir, ouvre la porte de sa collègue, beugle TIENS JE TE CONFIE UN PETIT CHEFAILLON QUI CROIT QUE C'EST LUI QUI COMMANDE ICI, JE TE LAISSE LUI EXPLIQUER DEUX TROIS TRUCS PARCE QU'AVEC MOI ÇA VA MAL FINIR, le propulse dans la classe, suivi de son cartable, rerentre. On est tous recroquevillés, Novatchok se rassied, rechausse ses lunettes, expire très fort, se tourne vers moi avec un sourire d'une douceur indéchiffrable et dit d'une toute petite voix, Pour une fois que ma grande fille est là, il faut qu'il y en ait un pour tout gâcher.

La Croquemitaine

C'est à cause de l'Accident que Novatchok n'arrive pas toujours à m'aimer gentiment.

Ma grand-mère confie en boucle l'histoire de l'Accident comme si elle ne l'avait jamais dit à personne alors que tout le monde la connaît par cœur, on l'a entendue exactement pareille des centaines de fois, avec des centaines de spartiates. C'était une journée comme les autres, elle, 26 ans t'imagines, elle va se promener en DS avec Cortez, mon grand-père, un malade leur grille la priorité, c'était pas comme maintenant avec toutes ces conneries de sécurité routière, le pare-brise est en verre et elle n'a pas de ceinture. Cortez pile, elle, elle part en bélier tout droit devant, casse la vitre avec son front mais, coup de théâtre, au lieu de traverser entièrement le capot et de tirer sa révérence sur le bitume, elle est finalement rétroprojetée vers son siège, laissant au passage la moitié de sa gueule dans le tranchant du pare-brise.

Tout s'est effondré à la seconde où cette demi-tronche est devenue du tartare, de la racine des cheveux au dessous du menton, l'œil qui se balade dans la charpie de sa joue, les éclats d'os qui saillent dans le brun de sa mâchoire. L'interne dont c'était la première création a fait de l'or Fèvrerie, il a recousu presqu'en face les lèvres qui étaient déchirées au milieu. Ma pauvre maman avait 4 ans quand sa mère est enfin rentrée chez eux. Cortez avait dit qu'elle resterait à l'hôpital pendant plusieurs semaines, pas qu'elle reviendrait transformée pour toujours en Croquemitaine, monstrueuse et morte-vivante.

La Croquemitaine a tout arrêté. Sourire, soigner, caresser, parler, elle a passé les trois années suivantes dans son lit. Vingt-six ans t'imagines, elle était si belle avant, tout le monde le disait, une vraie pin-up, elle a cessé de travailler, elle n'a plus voulu aller au marché, elle a demandé à Cortez de retirer tous les miroirs des murs, de dévisser toutes les ampoules. Ma gentille maman ne voyait plus les yeux de la Croquemitaine tellement il y avait de boursouflures dans les cicatrices, elle suppliait pour éviter les bras de sa mère, qui de toute façon n'en voulait pas, petite ingrate.

Depuis l'Accident, la Croquemitaine ne ressent plus rien du côté gauche de son visage. Je ne suis pas détendue avec elle à table, surtout quand il y a de la salade parce que ça projette de la vinaigrette et qu'elle ne la sent pas, cette grosse goutte de balsamique en plein milieu de sa joue, quand ce n'est pas de la purée, des rillettes ou n'importe quoi qui adhère un peu. Je sais qu'elle ne sent plus rien mais je ne peux pas m'empêcher de lui en vouloir, elle me dégoûte, et je me demande comment c'est possible de continuer à faire l'inventaire des boutiques qui font des prix d'Américains dans le centre-ville avec un filament de poireau entre le lobe et la narine.

Je lui en veux surtout quand elle fait baisser la tête de honte à Cortez, qui en quarante ans n'est plus jamais parvenu à la regarder dans les yeux. La Croquemitaine le rassure pourtant, combien de fois il faut qu'elle lui répète, c-e n-e-s-t p-a-s d-e s-a f-a-u-t-euh, elle va quand même pas s'excuser d'être défigurée si ? Elle est morte à 26 ans t'imagines, on ne va pas lui demander de sourire en plus, parce qu'elle souffre, et qu'elle souffre de souffrir, et qu'elle souffre que personne ne comprenne qu'elle souffre, et que si seulement il avait regardé à droite elle aurait été heureuse, mais non je suis pas en train de dire que t'as détruit ma vie, ffffiiiiouuuuu, olalala, seul au monde celui-là, change de disque mon vieux, si en plus je dois faire attention aux mots que j'utilise je vais finir par me foutre en l'air et là vous aurez vraiment tout gagné.

La Croquemitaine doit avoir des lunettes 3D intégrées. Il n'y a qu'elle qui distingue encore ses trois cents et quelques points de suture au visage. Nous, tout ce qu'on voit avec Petit Prince, très rarement, c'est quand – Aaaah ! le ressac ! Le temps va changer mes petits amours ! – un éclat de verre surgit à l'intérieur de sa joue et lui taillade la langue. Je dois souvent aller dans la cuisine pour un petit mot seule à seule. Elle dit Tu viens me voir quand tu veux hein mon poussin chéri. Je suis bien placée pour savoir que c'est pas tous les jours facile de supporter ta mère. J'ai jamais compris pourquoi elle était aussi odieuse. On est bien pareilles toutes les trois hein, sacrés caractères de cons. Heureusement qu'on s'aime très fort.

Le chant du Swayze

Parfois la montgolfière hurlante se gonfle d'hélium et se met à pilonner, pilonner, pilonner vers le ciel. Elle voudrait s'enfuir de mon crâne mais il n'y a pas de trappe alors elle saccage tout à l'intérieur de moi. Un matin comme ça, à l'an 10, je ne peux pas descendre de mon lit, je ne commande plus mes muscles, toute la chambre tourne autour de mes yeux, les bruits sont ouatés comme une casserole pleine d'eau qu'on bouscule.

Je ne sais pas pourquoi Swayze arrive tout d'un coup dans ma chambre. C'est la première fois qu'il voit une attaque, d'habitude je me cache toujours à temps. Je ne peux pas faire semblant de sourire aujourd'hui parce que je suis prise au piège du matelas, comme une statue très lourde, je suis épuisée, je vais rester coincée toute ma vie dans cet orage muet qui empêche mes jambes de bouger. Swayze a l'air inquiet, il me demande ce qui se passe. Si seulement je savais dire exactement, pourquoi il ne devine pas dans mes yeux, je tente d'expliquer en chuchotant tout doucement, le Boeing qui veut sortir de ma tête et mes jambes qui n'entendent rien à cause des réacteurs enragés. Swayze ne sait pas trop quoi répondre.

Depuis le jour de la cafetière, je crois pourtant qu'il sait comment ça fait d'avoir tellement tellement tellement mal que c'est impossible de le dire avec un seul mot, qu'il n'en existe aucun d'assez gigantesque pour traduire à la fois la terreur, les flammes et le gouffre. On mettait la table pour manger avec Novatchok et Petit Prince sur la terrasse des 79 lattes. Soudain, venant de l'intérieur de la praison, on a entendu un bruit d'humain terrifiant. Pas un couinement ni un juron ni un râle, ni même un cri. Un hurlement du fond du ventre, une voix grave et implorante comme jamais je n'en avais entendu, et surtout pas de sa bouche à lui, mon roi Swayze, et ce hurlement a duré, duré, duré, trois minutes ou peut-être dix vies, un chant morbide, un déchirement dans la chaleur humide, une supplique, la fin du monde. C'est Swayze qui s'était renversé le café bouillant sur les cuisses.

Enterrez-les vivants

Ô-Pârdon-Monsieur-Grands-Principes serait peut-être un peu plus loquace si ses parents lui avaient appris à s'exprimer au lieu de le chasser de chez eux à son an 5. C'est sûrement pour ça que Swayze est tout rouge devant ma monstre muette. Ça fait des baïnes dans son chagrin secret.

Swayze a été un enfant très malheureux, il n'y a pas grand-chose d'intéressant à dire de plus ma Petite Princesse. C'est fini maintenant. Tout ce qui compte c'est demain, c'est construire, et grâce à Novatchok, Grandoux, Petit Prince et moi, il a trouvé une praison de vivre. Sa femme, ses enfants, sa fierté, sa réussite, son bonheur, ses poumons, sa boussole pour se lever le matin. Il aime tellement avoir une famille qu'il embrasse la Croquemitaine sur la bouche à chaque fois qu'on va la voir. Elle, elle dit en regardant Novatchok méchamment, Mon gendre, si j'avais vingt ans de moins, je t'épouserais.

Quand on rentre de chez ma grand-mère, Novatchok est dans une colère noire contre nous. Elle ne peut plus prendre sur elle tellement on lui fait péter les plombs, on l'oppresse, tout le monde se planque dans sa chambre, elle part en claquant la porte bleue. Je cherche partout Swayze pour le consoler. Je vais essayer de convaincre Petit Prince qu'on aille s'excuser quand elle reviendra, il ne faut pas qu'il s'inquiète. Je retrouve parfois Swayze dans son lit en train de pleurer. Il dit Ça va aller ma Petite Princesse, Maman va bientôt rentrer.

35

La praison n'a pas de nom commun.

Les spartiates disent chez toi mais ils disent ça à tout le monde, si chez moi c'était chez tout le monde on habiterait tous au même endroit, gros malin.

Les témoins disent le 35, parce que c'est le numéro de la praison dans la rue. Pour eux c'est un paradis, avec une immense prairie, où vivent de charmants oursons en peluche. Qu'est-ce que vous êtes drôles au 35, On se sent bien au 35, T'as tellement de chance de vivre au 35.

Grandoux aussi dit parfois le 35, mais juste pour le différencier du 57, sa maison-palais dans la même rue.

Avec Petit Prince, on ne peut pas dire le 35, parce que c'est un endroit où tout le monde est heureux tant qu'on se tait. Mais on ne peut pas non plus dire la praison, parce que tout le monde penserait qu'on est fous, ou qu'on ment, ou les deux. Même entre nous on ne peut pas dire la praison, parce qu'on a peur d'être écoutés, ou d'être fous, ou de mentir, ou les trois, alors on dit Je peux venir dans ta chambre ?

Comme un lundi

Le rugissement en provenance de la cuisine me foudroie les dorsales. Je sais que quand Novatchok me convoque c'est déjà trop tard, il reste moins d'une minute avant qu'elle ne déboule dans ma chambre. Je cherche à toute vitesse. Je n'ai pas fait mon lit ? Il y a une miette sur le frigo ? Il a plu sur la terrasse des 79 lattes ? Petit Prince rentre plus tard que prévu ? Plus tôt ? Mon vélo est mal garé ? Elle n'a plus de clopes ? Le repassage n'est pas fait ? Le courrier n'a pas été ramassé ? Il n'y a plus de fromage ? La pelouse n'est pas tondue ? Il y a un chat dans ma prairie ? J'ai répondu au téléphone alors qu'elle voulait décrocher ? Je n'ai pas répondu au téléphone alors qu'elle voulait que je décroche ?

À quoi ça sert au juste d'avoir 18/20 dans toutes les matières si je ne suis pas foutue de me bouger le cul quand ma mère m'ordonne de venir tout de suite. Le temps d'actualiser, ma tête a déjà basculé, Novatchok me force à me tordre au-dessus de la chaise, m'emmène par la queue de cheval jusqu'à la porte de ma chambre. Je tente de contre-braquer, elle frappe mes doigts, lâche mes cheveux, je me redresse, elle me cogne violemment l'omoplate. On va faire un petit point entre quatre yeux.

Parfois je pense à lui enfoncer un couteau dans la carotide. Surtout pas pour qu'elle meure, juste pour la libérer du démon.

Tends tes doigts

J'ai enfin eu ma chanson rien qu'à moi.

Plus vite,
Cette règle, donne-la-moi,
Dépassées sont les limites,
Cetteuh fois.

Trop loin, tu es allée.
Tu crois que je mérite ça ?
Moi aussi j'ai envie de pleurer,
Avec une chieuse comme toi.

Quel cinéma,
Chialer comme ça,
Le choix,
Tu ne me le laisses pas,
Tends tes doigts.

Squame

La bête fétide tente un assaut façon Forces spéciales dans ma bouche un matin de l'an 12. J'ai du magma sur la langue, des volcans partout à l'intérieur des joues. Des vésicules aussi, sur le palais, denses et blêmes comme des yeux de brochet. Ce n'est plus de la muqueuse que je ronge en cachette mais des cratères de lave. Ça brûle tellement à l'intérieur que j'ai peur de calciner le collège si j'ouvre la bouche. Je me soulage en frottant l'extérieur de mes joues, je gratte à en dépecer un bœuf depuis une demi-heure quand la Perdrix interrompt son cours d'histoire de la seigneurie. Qu'est-ce que tu as ?

Je comprime mes lèvres de la main gauche et j'écris sur mon cahier : Je m'occlut (du verbe occlure), (c'est une occlusion).

La Perdrix me dévisage, à l'aise comme une caille devant un didjeridoo. Elle ne dit pas Tu es sûre ?! C'est rare quand même. Et de quoi tu t'occlus au juste ? Quelque chose t'oblige à garder la bouche fermée ? Est-ce que tu voudrais rester un peu après Hugues Capet pour en discuter ?

Non. La Perdrix cacabe simplement Bah pourquoi t'es venue en cours ?

Fraîchement

Pas un humain n'est foutu de cracher mon mot muet. Les témoins sont les plus sournois, ils me mettent carrément des bâtons dans les roues en venant me narguer jusque dans la praison. Ils savent des choses cruciales mais à cause de leur putain de continence, ils font exprès de parler à voix basse de leurs petites histoires privées pour que je sois obligée d'aller voir ailleurs s'ils y sont.

Mais les spartiates ne connaissent pas mon don de toujours tout écouter partout. Même s'ils voient que je suis là, ils ne se rendent pas compte que je ne fais rien d'autre que farfouiller dans leur vocabulaire. Ils ne me cachent pas le nom de la monstre, ils n'essaient pas de détourner mon attention. Ils parlent vraiment comme ça, toute la journée, de rien. Ils se donnent des nouvelles. Ils demandent comment vont les enfants. Et le travail. Et où est-ce qu'on va aller cet été s'il fait encore un temps pourri. Les spartiates ont des conversations. Enfin c'est comme ça qu'ils appellent leur bla-bla en tout cas, moi je ne vois pas ce qui leur donne l'impression de dialoguer alors qu'ils racontent tous les mêmes choses chiantes à mourir. Leur langue est une grosse matière pastel, tiède et sans goût. Dans ma tête je l'appelle la polentase, comme une vieille polenta molle avec un abcès flippant, limite vert clair, poubelle direct.

Il doit bien leur arriver quelques aventures pourtant, rien que d'être parvenus à devenir grands, pourquoi ils ne parlent pas de ça ? Comment ils font pour consacrer autant de salive au néant ? Qu'est-ce qu'ils cachent ? Ils ne peuvent pas être sincèrement préoccupés par la nouvelle station essence, ils se sentent obligés, ils font semblant mais ils s'en foutent au fond, c'est sûr, c'est impossible autrement. Ils doivent être vivants dans le seul endroit où je ne peux pas aller les écouter, leur intimmensité. Est-ce qu'ils chantent ? Est-ce qu'ils font des listes ? Est-ce qu'ils dorment la nuit ? Est-ce qu'ils se cachent dans les toilettes ? Est-ce qu'ils savent où vont Gorgeon et Novatchok jusqu'à 1 h 37 ? Est-ce qu'ils ont des surnoms privés ? Est-ce qu'ils vomissent quand ils se brûlent avec des cafetières ? Est-ce qu'ils ont des témoins ? Une autre continence ? Du linge sale ? Une prairie ? Une table en chaînes ? Est-ce qu'ils voient que la Croquemitaine a du céleri sur la joue ? Est-ce que leur Petit Prince crie sur la cuvette gelée la nuit ? Est-ce qu'il y a des gâteaux dans leurs placards ? Est-ce qu'ils savent où est Grandoux ? Est-ce qu'ils pleurent ? Est-ce qu'ils crient ? Est-ce qu'ils prononceraient mon mot si je pouvais me cacher derrière leur canapé ?

Paladins

Je suis une grosse intello qui aime bien ça, lécher le cul des profs et se vanter de ses bonnes notes dont tout le monde se branle. C'est vrai que j'adore le collège mais pas du tout pour les cours. Pour les somptueux paladins.

Les paladins sont dans ma classe mais ils sont très différents des spartiates. Ils font semblant d'avoir les mêmes corps alors qu'ils sont beaucoup plus grands. Ils ne portent que des vêtements blancs et tout ce qu'ils pensent est vrai. Je ne peux pas dire que les paladins sont mes amis au sens de la polentase, il manque quelque chose de leur nécessité. Les paladins sont mes providences, mes invincibles, mes kaléidoscopes, mes sémaphores. Ils se reconnaissent d'abord à la profondeur vertigineuse de leurs pupilles. C'est une question d'acuité dans la perception des couleurs, de sensibilité aux teintes de gris. Ils voient toutes les aspérités du ciel, ils connaissent le nom de chaque étoile. En plus de la netteté de leurs regards, les paladins se distinguent par la beauté de leur chant, cette harmonie dans leurs cordes vocales, cette justesse funambule, cette grâce céleste. Leur vérité s'entend, comme une note parfaite, elle s'impose, elle irradie. Quand je suis avec eux l'eau est claire, la rivière est douce, l'aliénée sous mon front me laisse un peu de répit.

Mes paladins sont là tous les jours, ils s'assoient à la même chaise, ils partagent leurs goûters, ils me regardent dans les yeux, ils m'invitent à jouer chez eux, ils sont beaux, ils sont drôles, ils sourient. Mes paladins ne gaspillent jamais leurs mots, ils ne cèdent pas à la polentase vaseuse à pleurer des spartiates. On est pareils, on n'a pas le bon neurone, on ne comprend que ce qui a une et une seule définition, que ce qui est irréfutable : les nombres. Je m'endors plus facilement depuis que je sais qu'en maths il n'y a qu'une seule réponse à chaque question.

Les maths connaissent des mots qui protègent mes tympans du linge sale de la praison. Intervalle par exemple, que j'apprends un soir de l'an 13 en m'échappant par la fenêtre pour rejoindre les somptueux paladins, puis le lendemain, puis tous les soirs. Leurs parents ne me posent pas de questions quand j'arrive en pleine nuit, parfois même ils nous font à manger avant qu'on s'évapore dans le noir. On fume, on boit, on fait des kilomètres en scooter avec un casque pour trois, on va en boîte avec des vieux spartiates qui sont d'accord pour nous faire rentrer à condition qu'on reste avec eux après. Je veux m'enfuir, je veux vivre l'intervalle infini dehors.

Lo siento

Les paladins ont toujours l'air soulagés quand ce soir c'est les vacances. Je fais l'intégralité de mes devoirs le premier jour mais je préfère rester à la praison parce que Novatchok a peut-être le droit de décompresser un peu et de voir ses témoins elle aussi de temps en temps. Avec Petit Prince, on ne pense qu'à nos petites gueules et on est juste contents de la trouver pour se foutre les pieds sous la table.

Les seules choses possibles en vacances, c'est de lever un peu ses gros pieds au lieu de marcher comme un bourrin et de dire pardon. Je m'excuse toute la journée, souvent pour des choses contradictoires. Elle s'en rend compte puisqu'elle demande en m'imitant Pardon, Pardon, Gnégnégné, MAIS EST-CE QUE TU SAIS AU MOINS POURQUOI TU DIS PARDON ? C'est chez le psy qu'elle va finir avec une fouteuse de merde comme moi. Elle frémit des narines. Je tremble qu'elle se mette à chanter Tends tes doigts.

Souvent, elle appelle Swayze et raconte n'importe quoi à propos de ce qui ne vient pas de se passer. Après elle balance le téléphone sur le canapé jaune et aboie Ton père a deux trois trucs à te dire. Swayze chuchote Bon, ma Petite Princesse, bon. Tu connais ta mère, excuse-toi, fais-toi oublier, et ça va passer, hein, d'accord ? À tout à l'heure ma Petite Princesse, amusez-vous bien, je t'aime très fort. Elle traque mon visage, surtout ne pas bouger, Swayze raccroche, elle triomphe, LÀ, TU COMPRENDS MIEUX QUAND C'EST TON PÈRE QUI LE DIT ? Oui pardon. AH BAH TU VOIS ÇA T'A PAS ARRACHÉ LA GUEULE ?

Méthode Couette

Petit Prince a une incroyable méthode pour faire cesser les hurlements : il joue au roi du silence. Petit Prince ne s'excuse jamais pour des fautes qu'il n'a pas commises, même quand Novatchok le poursuit dans le couloir ou qu'elle pleure dans sa chambre à cause de lui. On dirait qu'il n'a pas peur, on dirait qu'il ne voit même pas. Je ne sais pas comment il fait pour être aussi fort. Je crois qu'il a des super pouvoirs depuis son an 9.

Après la disparition de Hadok, Novatchok et Swayze ont voulu lui faire une surprise pour le consoler. Pendant qu'il était au basket, on a acheté un lapin qu'on a mis dans une immense cage. On l'a recouverte de papier cadeau et déposée en plein milieu de sa chambre. Elle était grande comme la moitié du lit, cette cage, on ne voyait qu'elle. On a attendu Petit Prince tous les trois, je trépignais de découvrir la tête qu'il allait faire. Il est arrivé, il a franchi la porte, lâché son sac à dos au pied de l'étagère, puis il a filé droit vers son bureau, au fond de la pièce.

Non seulement il n'a pas vu l'énorme cage en plein milieu mais il ne l'a même pas contournée. Elle était tellement monumentale qu'il a dû produire un mouvement pas du tout naturel pour la dépasser, lever beaucoup trop haut le pied, et même écarter un peu les bras pour garder l'équilibre. Mais il n'a rien vu. Il a simplement foncé droit dessus, et il l'a enjambée. On était tous sidérés et Petit Prince qui disait Bah qu'est-ce que vous avez ? Pourquoi vous faites cette tête ? Et qu'est-ce que vous foutez dans ma chambre au fait ? Ça a bien duré dix minutes avant qu'il ne le voie, enfin, ce paquebot saillant, cet arc de triomphe qui dominait toute l'Étoile. Il a dit Oh ! c'est pour moi ?!, arraché le papier cadeau en jubilant et baptisé son lapin Armadada, comme ma veilleuse alors qu'il savait même pas.

Allumer le feu

La petite praison dans la mairie

Je ne peux raconter à personne la démence du grand bûcher que j'ai organisé à la praison dans le dos de Novatchok et Swayze puisque tout le lycée était en feu sur mon dancefloor et que j'ai pris trois mois d'isolement, avec la camisole.

Je fais les cent pas dans mon cloâtre.

Je ne peux plus plier les genoux.

Tous les matins la même chanson triste passe à la radio. Plus personne ne me parle à la praison. Avant de fermer la porte de ma cellule, Novatchok a juste feulé J'espère que tu as honte. Tu connais ton père, il t'engueulera pas parce qu'il n'a toujours pas compris que c'était le seul moyen de faire entrer les trucs dans ton petit crâne, mais il n'en pense pas moins. Même ton frère se demande comment il peut avoir une sœur aussi débile.

J'ai juste le droit d'aller au basket pour mon gros bide. Après le match aujourd'hui, il y a un goûter dans le gymnase de la mairie. Les spartiates ont préparé des gâteaux délicieux, remplis de bonbons et de couleurs. Tout le monde parle très fort, sans doute parce qu'on a gagné. Soudain, Novatchok apparaît dans l'embrasure. Je suis sûre qu'elle m'a vue rire. Elle braque ses lunettes noires sur moi, clés de bagnole dans la main. Je sais à sa manière âpre de tapoter du pied le revêtement que je vais me faire démolir dans la 309. Je voudrais hurler, ce serait le signal, les spartiates se regrouperaient en faction et on se précipiterait en commando vers l'entrée. On barricaderait la porte et on se jetterait tous sous les tables, en PLS. On checkerait les issues de secours, on imaginerait toutes les stratégies possibles jusqu'à réussir à s'évader pour de bon. On serait unis ensemble et ils m'aideraient.

Mais personne ne voit l'alerte incendie au fond de mes yeux. Les adultes ne s'inquiètent jamais d'un enfant qui vit avec son papa et sa maman.

L'entraîneur ne pose pas de questions, ça ne le regarde pas.

La Perdrix ne pose pas de questions, ça ne la regarde pas.

Le facteur ne pose pas de questions, ça ne le regarde pas.

Le buraliste ne pose pas de questions, ça ne le regarde pas.

Le boulanger ne pose pas de questions, ça ne le regarde pas.

Le proviseur ne pose pas de questions, ça ne le regarde pas.

Le maire ne pose pas de questions, ça ne le regarde pas.

Et puis qu'est-ce que je répondrais de toute façon ? Je ne peux pas hurler un mot qui n'existe pas.

Collapsus

Je tente de créer des ponts entre la chaophonie de la praison et le silence du dehors pour éviter le collapsus. Je propose souvent aux paladins de venir dans ma prairie parce que je suis fière que ces créatures de lumière voient mon immense jardin. Novatchok est calme quand ils sont là, elle leur sourit, leur pose des questions, les invite même à rester manger de temps en temps. Mais à la seconde où ils franchissent la porte bleue pour rentrer dehors chez eux, ça revient. Je ne peux jamais savoir à l'avance quoi, ni si c'était trop, ou pas assez, sachant que ce qui a été dit hier n'est plus valable aujourd'hui. La seule certitude c'est que quelque chose a merdé. Son sourire flanche, ses sourcils froncent, elle me coince contre le canapé jaune, allume sa clope, c'est parti.

Eh bah ça va, t'es bien entourée, t'as l'air de beaucoup t'amuser. Ils en ont de la chance tes copains de voir un peu tes dents, ça change de la gueule que tu tires ici. Je te regarde faire hein, avec tes blagues et tes petits airs de chefaillonne. Lanterne, je peux te dire qu'elle apprécie pas, elle bronche pas parce qu'elle est polie mais ça se sent que tu l'énerves. Comme ton petit frère. Il faut toujours faire comme Mémère l'entend, il y en a que pour les petits caprices de Mémère, les petits habits de Mémère, et Mémère qui dort pas la nuit – tu me regardes quand je te parle –, et il faut faire moins de bruit parce que Mémère a des devoirs, et emmener Mémère au basket, et est-ce que je peux sortir ce soir, et vas-y que je te braque un billet de 20, et que ça rignoche avec ses copains, et que ça t'apprend la vie du haut de ses 15 printemps. Je vais te dire moi, ma petite chérie, je les connais les drôles dans ton genre. Redresse-toi. Je les pratique tous les jours moi, les enfants rois qui vont devenir des sales merdeux. Ah parce que tu le vois pas là, le manque de respect ? T'es bien la fille de ton père. Va falloir que t'arrêtes de penser que tu pourras toujours t'en sortir avec tes grands mots. Ils sont bien mignons de te supporter tes copains, moi je ne me laisserais pas traiter comme ça. Arrête de toucher tes cheveux. Si je peux te donner un conseil, puis t'en feras ce que tu veux comme d'habitude, reste quand même sur tes gardes avec Nuquelongue, j'ai pas l'impression qu'elle soit vraiment ton amie pour des bonnes raisons si tu vois ce que je veux dire. T'es grande hein, c'est toi qui décides, moi j'ai fait le boulot, si t'es contente d'être une petite connasse arrogante qui souffle le chaud et le froid keskeutuveukejtediz ? Bah démerde-toi. Parles-en à ton grand frère si tu le retrouves. C'est la loterie les gamins, y en a qui roulent tout seuls et puis y en a d'autres, tu sais pas pourquoi, ils se sentent investis d'une mission, ils ont 15 piges mais ils savent mieux que toi ce qui est bon pour eux, eh ben vas-y, vas-y, keskeutuveukejtediz, vole de tes propres ailes puisque t'es si maline. De toute façon ça ne changera pas grand-chose, on te voit jamais, tu rentres à pas d'heure, ça a l'air d'être tellement mieux chez les autres, toutes tes petites familles d'adoption là, bah tu sais quoi, restes-y ma petite chérie, j'ai pas fait des mômes pour qu'ils me chient sur la tronche. Je sais pas ce qu'on a raté pour que tu fasses confiance à n'importe qui comme ça. Arrête de te ronger les ongles. C'est pour toi que je dis ça. Tu ne sais pas te protéger. Tu verras quand t'auras un peu de bouteille, que t'auras vécu deux trois trucs. La vie c'est pas comme dans les bouquins, faut sortir de ton cul. Mais keskeutuveukçamfoute que la mère de Pattedéf l'engueule jamais ? Parce que tu penses que ça fait des adultes en bonne santé ? Tu devrais t'estimer chanceuse qu'on puisse se parler, c'est pas comme ça dans toutes les familles crois-moi. Pourquoi tu pleurniches là hein ? Ça te monte pas au crâne que ça me rend triste moi aussi de devoir constamment te répéter les mêmes choses ? Allez, arrête ton cinéma, tu l'aimes ta maman, je sais bien que c'est pas contre moi, viens me faire un bisou.

Sopor

Je reste en veille permanente. Je me colle aux portes, aux tables, dans la salle d'attente de l'ophtalmo, dans la queue du ciné, dans les rayons d'Intermarché, entre les étagères du CDI, je traîne dans les rues à côté de spartiates qui se confient au téléphone, chez le coiffeur, à la plage, je lis tous les magazines de toutes les chiottes, les forums sur internet, je récupère les lettres de mes voisins, je fouille dans les textos.

Parfois, rarement, un spartiate prononce enfin un mot curieux – pléonexie, res nullius, nociception, vénerie, palinodie, vaticination, blennorragie. Je me rengorge. Mon oreille se tend, mes moustaches frétillent, je le flaire, m'approche prudemment, dévore sa conversation, attends comme une amnistie ce moment où il va dire Et alors tu vois, je me sentais dévoré de l'intérieur par quelque chose qui n'avait pas de nom, je ne pouvais pas respirer sans que ça m'écrase la trachée, personne ne savait ce que c'était, et puis un jour, tout con, un toubib dans le bled de mes parents, comme quoi on dit l'APHP ceci, l'APHP cela, mais bon, bref, je vais le voir en désespoir de cause et le mec, carrément, éclate de rire : Ah ! Ça ! Hahaha ! Mais c'est rien du tout monsieur ! Tout le monde en a, simplement chez certains c'est un peu plus proéminent, ça s'appelle une

Que dalle. La délivrance n'arrive jamais. Chaque fois, leurs mots rares en fait c'étaient des noms de chiens ou un truc kizonentenduàlaradio. Je classe sans suite chacune de leurs phrases dans une douleur intacte, l'errance du fol espoir à nouveau fauché. Une seule inconnue vous manque et tout votre palais est dépeuplé. Je connais chaque mot de chaque spartiate de cette ville pourrie, je sais même dans quel ordre ils les prononcent, il n'y a plus rien à entendre. Ma langue n'est pas ici.

Jouir avec entrave

Heureusement, on n'est pas toujours obligé de parler.

Lanterne ne comprend pas pourquoi je lui cours après toute la journée. Je l'étouffe. Elle est contente de passer du temps avec moi, mais là c'est beaucoup trop. Comme Hadok. Elle a besoin de respirer. Elle claque la porte.

Je me réfugie dans le garage froid de la praison. Un Cluedo avec un canapé pourri, des pas dans la poussière, des vieilles roues de vélo, une caisse à outils et un numéro de téléphone que je recompose en boucle. Lanterne me laisse sonner dans le vide. Je sens la chaleur envahir le bas de mon ventre à mesure que je supplie sur son répondeur. Mon corps se tend, une flamme acide entame mes côtes. Ce n'est pas assez fort pour disjoncter, j'appelle chez ses parents. Je jubile à l'idée d'être achevée comme un taureau à l'agonie. Cinq fois de suite. Pas de réponse. Je vois des éclairs sous mes paupières. Je crois que je suis déjà morte mais je veux en être certaine. Je rappelle. Elle décroche enfin.

Le premier ouragan foudroie mes reins, incendie mon foie, à l'instant parfait où – Mais t'es complètement tarée d'appeler chez mes parents, j'en peux plus, fous-moi la paix – Lanterne me raccroche à la gueule. Bip lapidaire. Appel terminé. Absolution.

Commutation

~~An 0.1 An 0.2 An 0.3 An 0.4 An 0.5 An 0.6 An 0.7 An 0.8 An 0.9~~
~~An 0.10 An 0.11 An 0.12 An 1.1 An 1.2 An 1.3 An 1.4 An 1.5 An 1.6~~
~~An 1.7 An 1.8 An 1.9 An 1.10 An 1.11 An 1.12 An 2.1 An 2.2 An 2.3 An 2.4~~
~~An 2.5 An 2.6 An 2.7 An 2.8 An 2.9 An 2.10 An 2.11 An 2.12 An 3.1 An 3.2~~
~~An 3.3 An 3.4 An 3.5 An 3.6 An 3.7 An 3.8 An 3.9 An 3.10 An 3.11~~
~~An 3.12 An 4.1 An 4.2 An 4.3 An 4.4 An 4.5 An 4.6 An 4.7 An 4.8 An 4.9~~
~~An 4.10 An 4.11 An 4.12 An 5.1 An 5.2 An 5.3 An 5.4 An 5.5 An 5.6 An 5.7~~
~~An 5.8 An 5.9 An 5.10 An 5.11 An 5.12 An 6.1 An 6.2 An 6.3 An 6.4 An 6.5~~
~~An 6.6 An 6.7 An 6.8 An 6.9 An 6.10 An 6.11 An 6.12 An 7.1 An 7.2~~
~~An 7.3 An 7.4 An 7.5 An 7.6 An 7.7 An 7.8 An 7.9 An 7.10 An 7.11~~
~~An 7.12 An 8.1 An 8.2 An 8.3 An 8.4 An 8.5 An 8.6 An 8.7 An 8.8~~
~~An 8.9 An 8.10 An 8.11 An 8.12 An 9.1 An 9.2 An 9.3 An 9.4 An 9.5 An 9.6~~
~~An 9.7 An 9.8 An 9.9 An 9.10 An 9.11 An 9.12 An 10.1 An 10.2 An 10.3~~
~~An 10.4 An 10.5 An 10.6 An 10.7 An 10.8 An 10.9 An 10.10 An 10.11~~
~~An 10.12 An 11.1 An 11.2 An 11.3 An 11.4 An 11.5 An 11.6 An 11.7~~
~~An 11.8 An 11.9 An 11.10 An 11.11 An 11.12 An 12.1 An 12.2 An 12.3~~
~~An 12.4 An 12.5 An 12.6 An 12.7 An 12.8 An 12.9 An 12.10 An 12.11~~
~~An 12.12 An 13.1 An 13.2 An 13.3 An 13.4 An 13.5 An 13.6 An 13.7~~
~~An 13.8 An 13.9 An 13.10 An 13.11 An 13.12 An 14.1 An 14.2 An 14.3~~
~~An 14.4 An 14.5 An 14.6 An 14.7 An 14.8 An 14.9 An 14.10 An 14.11~~
~~An 14.12 An 15.1 An 15.2 An 15.3 An 15.4 An 15.5 An 15.6 An 15.7~~
~~An 15.8 An 15.9 An 15.10 An 15.11 An 15.12 An 16.1 An 16.2 An 16.3~~
~~An 16.4 An 16.5 An 16.6 An 16.7 An 16.8 An 16.9 An 16.10 An 16.11 An 16.12.~~

An 17, enfin.

NPAI

Je quitte la praison pour de bon. Un tourbillon de lumière et de vent chaud me soulève du sol à la seconde où je franchis la porte bleue. Je prie pour qu'ils enclenchent le verrou derrière moi. Qu'ils m'enferment dehors ou qu'ils s'enferment dedans, rien à foutre, la liberté putain ! Novatchok a toujours aimé emmener les petits spartiates de sa classe jouer dans le désert de sable à marée basse. Elle disait qu'il fallait être vigilante et recompter souvent le troupeau, mais que dans le pire des cas, s'il en manquait un, elle saurait dans quel sens chercher parce qu'un enfant perdu marche toujours dos au soleil. C'est pas une flèche en points cardinaux mais dans le doute, je prends plein sud pour rejoindre la gare et sauter dans le TGV.

La destination est une évidence. Trois mille six cent cinquante et un jours qu'il est parti de la praison, dix ans que je rêve de ce moment. Je vais enfin revoir Grandoux. Je sonne chez lui avec des trémolos dans la tête, l'imminente plénitude des retrouvailles essentielles. Il m'ouvre sa porte sur un AOoh de surprise qui sonne plus malaise que soulagement. Bien sûr que si, il est heureux, c'est vrai que ça fait très longtemps, mais c'est pas toujours aussi simple que ça, la vie, être heureux au bout de très longtemps. Il a des amis et des projets et du travail et une femme quilaime. L'appart est plutôt petit et il a beaucoup d'activités et d'amis et de travail et de projets dans un appart qui n'est pas très grand, bref son canap n'est sans doute pas la meilleure option pour moi.

La carcasse qui me sert de plexus se fissure net. Parfaitement comme ça, la foudre qui tombe pile sur le joint foireux du toit et le déluge qui s'invite à l'intérieur. Je ne suis plus le trésor que mon grand frère sacré couvait des yeux devant la porte des bonbons mais un staphylocoque qui menace le processus de cotairisation. Grandoux s'est mis à parler en cessité, comme Petit Prince. L'immense cage empaquetée au milieu de la pièce est dans leur angle mort et moi je n'évoque que cette praison. Il m'aime très fort, il sera toujours là pour moi mais c'est sa vie qu'il essaie de construire, il faut que je comprenne, je ne peux pas le regarder dessiner des panthères noires éternellement, je dois me débrouiller maintenant, il faut bien qu'on vive, il faut que je parte.

Démon tronc

Je veux la justice pour mon cadavre non identifié mais hors de question de me taper le barreau. Si les humains connaissaient son nom, je l'aurais déjà trouvé. Je choisis la Nécrobie. Pour y entrer, il suffit d'être bon en tout, et surtout en maths. La pensée mathématique a la splendeur impénétrable d'un ballet du Bolchoï. Le public, terrassé de beauté, s'émerveille devant la grâce, la légèreté, la complétude qui se déploient sous ses yeux. Sur scène pourtant, il n'y a que de l'ordre, de la discipline, de l'ascétisme et de l'acharnement. C'est la rigueur extrême qui produit la sensation d'harmonie.

Les maths, c'est exactement ça. Je vois bien que je ne comprends pas parfaitement tous les rouages de la partition, mais l'extraordinaire cohérence de cette logique me réconcilie avec quelque chose de profond. Réussir une démonstration, c'est comme rencontrer enfin la justice juste. Aucun désordre sensible. Pas de circonstances atténuantes, pas d'irresponsabilité pénale, de contumace, de légitime défense, d'évolution des mœurs ou de présomption de je ne sais quoi. Une proposition mathématique n'est pas grave ou anodine, préjudiciable ou salutaire, annihilante ou libératrice, compréhensible ou immorale. Elle est vraie ou fausse. C'est tout. Pour parvenir à démontrer la vérité, il n'y a que trois choses à savoir, limpides, inébranlables :

1. Toute question mathématique est problématisable et soluble.
2. Ce qui n'est pas faux n'est pas nécessairement vrai.
3. Ce qui n'est pas vrai est nécessairement faux.

Démontrer, ce n'est pas subodorer, ce n'est pas compatir, ce n'est pas croire, ce n'est pas décréter fleur au fusil, ce n'est pas écouter à toutes les portes dans l'hypothèse d'une vague réponse molle, ce n'est pas expliquer, ce n'est pas interpréter, ce n'est pas espérer.

Démontrer, c'est faire danser ensemble des inconnues au rythme implacable d'une prodigieuse symphonie formelle jusqu'à aboutir à l'unique résultat vrai. Il suffit d'appliquer la méthode en respectant l'ordre de la grammaire, magistrale.

Démontrons :

On sait que :

Or :

Donc : <u>vérité</u>

Exemple : Un carré de 5 cm de côté souhaite ardemment entrer dans un cercle de 4 cm de diamètre. Va-t-il y parvenir ?

On sait que le carré est très déterminé et le cercle plutôt joueur.

Or, si au moins l'un des côtés d'une forme géométrique est plus long que le diamètre d'un cercle, alors cette forme est plus grande que le cercle.

Donc, <u>quelle que soit son ardeur, le carré n'entrera jamais dans le cercle</u>.

Jeûner en paix

Il y a de nouveaux paladins grandioses dans ma classe à la Nécrobie. Je ne peux plus me passer de leur acuité maintenant que je suis devenue myope et que quand je suis obligée de rentrer le soir, c'est avec eux. Je ne leur ai pas demandé de me nourrir, mais eux sont heureux de manger, de manger ensemble, de manger ensemble à table, de manger ensemble à table chez nous. Plusieurs fois par jour, ils préparent des aliments en riant de leurs anecdotes. Ça me dégoûte. Je ne peux pas rester dans la cuisine, je n'entends que les bruits de couteaux, toutes les couleurs se mélangent dans ma tête, leur imprudence m'asphyxie, il y a de la gâche partout, il fait froid, les légumes sont pastel, les pâtes sont mortes et le beurre s'éventre. Je fume des clopes. Je mets la musique à fond pour ne pas entendre leurs rires et les couverts racler les plats. Le moment de passer à table arrive toujours trop vite.

Je m'assois, je remercie, je me frotte les cuisses, je me relève, je note une question à approfondir quand je pourrai respirer, $\Sigma^{x \in N^*}(X) \longrightarrow$?, je me rassois, je déglutis, je vais pisser, je bois de l'eau, je chante, je demande qui veut du vin, je me rassois, je me souviens qu'il faut descendre la poubelle, je remonte, C'est bon mais pas autant que le ti-punch et d'ailleurs je vais m'en faire un, qui en veut ?, je me rassois, je mange beaucoup de pain, ma tête tournoie mais pas assez pour m'extraire et toujours ces rires qui jaillissent trop fort, je crève de chaud maintenant, je vais ouvrir la fenêtre, je me rassois, Quelqu'un a besoin de quelque chose ?, il me faut du sucre, je vais acheter un gâteau, je redescends, je remonte, ils sont encore tous là putain, et ils rient toujours plus fort, c'est insupportable, je bois de l'eau, je vais pisser, je tremble maintenant, d'une seule main, je fume une clope avec l'autre, je me rassois, j'engloutis la moitié du quatre-quarts en une bouchée, On a bien bouffé, j'en peux plus merci, on va boire des coups ?

Bouture

Je ne sens plus qu'une espèce d'organe faible en trop. Apparemment ça arrive à certains spartiates, sauf que eux c'est en dehors de leur corps et qu'ils ont été amputés. Leur membre reste sensible alors qu'il a disparu. Ça peut aller du simple gratouillis à la pire électrocution mais dans les deux cas on dit douleur fantôme, puisque c'est 50-50, tangible et immatériel. L'intruse enkystée ressemble maintenant à cette présence morte.

Je sais qu'elle est dans mon dos, plutôt en bas, qu'elle est en volume et qu'elle est courbée. La zone est palpable et pourtant c'est un trou. Un trou avec des parois, étroit comme un drain mais tellement profond que techniquement c'est impossible qu'il m'intube, à moins qu'il ne soit enroulé sur lui-même, comme Hector ou le côlon. Quelque chose de semi-rigide qui dévore tout ce qui traîne, qui engloutit mes globules dans son réservoir comme un bras d'aspirateur infini. Je sais que si je bascule je disparaîtrai à tout jamais à l'intérieur de l'abîme de moi-même et qu'au fond la créature m'attend.

La terreur que sa voix revienne est si obsédante que je ne pense qu'à une seule chose : submerger le trou. Tant que je le gave lui, la monstre se noie. Boire est le seul moyen de la faire taire. Du vin, de la vodka, du rhum, du whisky, du martini, de l'essence, de l'huile de colza ou de la lessive, aucune importance, tant que je ne ressens jamais rien d'autre que ce canadair home-made qui me prémunit du feu.

I love you pita gore

Beaucoup de spartiates s'affolent à cause des chiffres mais c'est pas ça du tout, les maths, les valeurs sont complètement anecdotiques, ça n'a aucun intérêt de savoir faire 15 670 × 63,2 de tête. C'est même exactement le contraire. Toute l'excitation réside dans la capacité à faire jaillir la mécanique d'un problème pour parvenir à sa solution. Les maths nous apprennent à créer des formules en déroulant de la logique, les maths nous apprennent à parler.

C'est une langue faite de symboles essentiels qu'on ne peut prononcer que si on connaît leur signification. Il y a des règles et un travail de mémoire bien sûr, mais rien de plus, on peut tout dire en maths. Il existe un mot pour chaque événement, et quand il n'y en a pas, on dit une inconnue, qu'on appelle X, et encore, c'est juste le temps de réussir à résoudre l'équation qui nous mène à son vrai nom. On se fout complètement des termes intellos ou vulgaires ou interdits. Ça n'existe même pas d'ailleurs, tout le monde est en rang serré, ça $\emptyset$ c'est l'ensemble vide, c'est comme ça les gars, c'est irréfutable, on admet collectivement le sens d'un terme que personne au monde n'oserait redéfinir.

En plus de créer de l'harmonie en se répondant par des équations logiques, les mots de maths sont tous beaux et rassurants. Il y a par exemple $\cup$, $\rightarrow$, Σ, $\int$, ∞, $\in$, ssi, $\forall$, N^*, $\exists\,!$, tq, qui signifient respectivement : union, tendre vers, somme, intégrale, infini, appartient, si et seulement si, pour tout, ensemble des entiers naturels non nuls, il existe un unique, tel que.

Grâce aux mathématiques, je peux écrire : $\Sigma^{\mathrm{x} \in \mathrm{N}^*}(\mathrm{X}) \longrightarrow +\infty$?
et trouver que c'est beau.
Grâce aux mathématiques, je peux écrire : L'union d'individus appartenant à l'humanité tend vers un infini positif et savoir que c'est vrai.

Pain Killer

Petit Prince ne va pas fort. Nausées, migraines, insomnies, vertiges, tétanie, tremblements, tachycardie, arythmie, souffle au cœur, acouphènes. Il ne comprend pas pourquoi ça lui tombe dessus. Il fait attention pourtant, à ce qu'il mange, à ce qu'il boit, à ce qu'il dit. Il dort mal la nuit, c'est vrai. Peut-être à cause de la musique dans les écouteurs, oui. Mais la journée il redort, alors qu'est-ce que ça explique ? Les vacances c'est pire, le train ça déraille, l'avion ça s'écrase, le bus ça crève, marcher c'est lent, et puis de toute façon ça ne change rien, son hypertension le suit jusqu'à Ibiza.

Ma vie entière pour être capable de lui dire le nom de sa peine. Je peux seulement répondre Mon Petit Prince, je comprends, je ne sais pas comment il s'appelle mais je sens ce caillou moi aussi, les veines qui brûlent et un tuyau qui se tait, peut-être qu'ensemble, si tu voulais, fondre les canalisations, fouiller les planchers, retourner la terre, on pourrait céder, et même, je ne sais pas, qu'est-ce que tu en penses, vers l'infini et au-delà, tous les deux, allô ?

Il dit que oui oui il est là, mais ça a l'air d'être tellement Jurassic Park dans ma tête qu'il préfère encore l'hépatite C. C'est gentil hein, il veut bien écouter mes poèmes si j'ai besoin de déclamer, mais il voit pas trop en quoi ça éclaire sa carence en globules blancs. Il me raconte parce que je voulais des nouvelles, pas pour avoir une ordonnance métaphysique. Il sait très bien qu'il n'y a personne pour lui tenir la main, que s'il dérape il doit se relever seul et sans bruit, il ne me demande pas de le sauver. Il est d'attaque. On a beaucoup de chance, lui et moi. On est libres et forts, on peut choisir nos vies, on est capables de se sortir de n'importe quoi. Il va être patient, continuer les IRM, ils finiront bien par lui trouver le bon traitement et il pourra se remettre à bosser. Comme il a raté de rien du tout le concours de Grand Cerf de la forêt, il va postuler pour être codeur à la sous-préfecture le mois prochain.

Sunrise

Je ne peux plus m'enfuir rejoindre les paladins la nuit puisque maintenant ils habitent là, à côté de moi, à l'intérieur des murs dedans, et ils me sourient. Pourtant je ne rêve toujours pas. Je dors le moins possible pour empêcher la forcenée de se reconstituer dans le trou. Je sais qu'elle n'attend que ça. Se rassembler, resurgir, et charger. Elle me hait de la noyer dans le silence. Je mesure son niveau de rage à la couleur de ma pisse. Plus elle est foncée, plus elle est vénère. Je bois des litres d'eau en même temps que l'alcool pour tenter de la maîtriser. Je l'observe se débattre comme une merde au fond des chiottes. Le type d'alcool ingéré et le temps de sommeil donnent la nuance de jaune et l'opacité.

5 pintes : pantone PMS 110, #d4b012, teinte de couleur ocre. Dans l'espace colorimétrique HSL, #d4b012 a une teinte de 48,87 degrés, 84,35 % de saturation et 45,1 % de légèreté.
⇔ À ce stade, la pisse est épaisse et gélatineuse, c'est l'alerte attentat, menace grave et imminente. Il faut reboire.

1 litre de rouge, 5 pintes, 3 rhums : PMS 125, #b38c0a, teinte de couleur jaune foncé moyen.
⇔ Je peux décroiser les cuisses.
½ cubi de rosé, 1 litre de blanc, 1 litre de rouge, 4 vodkas : PMS P16-8C, #99731d, teinte de couleur jaune marron foncé.
⇔ Le cœur ralentit.
3 pintes, 2 martinis, 5 américanos, vodka, rhum, gin, vodka, téquila : PMS 10122C, #bf9724, teinte de couleur jaune orange clair.
⇔ Un jour, je rêverai.

Je suis obsédée par la couleur de sa haine. Je bois de l'eau en continu pour la nettoyer. Tant qu'il reste du jaune dans ma pisse, je bois.

Tendre et la nuit

Tendre non plus ne dort pas. On ne se quitte jamais, on se serre dans le même duvet, les autres paladins ne comprennent pas mais on s'en tape, ce n'est pas ce qu'on leur demande, on ne demande rien à personne d'ailleurs, on veut juste trouver du fric pour boire toute la journée et sortir toute la nuit, provoquer des connards jusqu'à trouver des raisons de les éclater. Quand on est chez moi, Tendre passe des heures enfermée dans ma salle de bains avec la musique à fond. Je profite du répit pour approfondir le fantasme de la transparence en logique. Quand Tendre ne l'est pas, elle ne me laisse pas travailler. Elle parle fort exprès si je lis et fait des crises de rage que tout le monde entend derrière dès qu'elle me voit au téléphone.

Un soir de fête, une paladine ne retrouve plus son portefeuille. Elle l'avait il y a trois minutes elle en est certaine, c'est elle qui a payé les bières, elle cherche en vain dans son baise-en-ville, le bar est quasi vide, est-ce que quelqu'un aurait vu un portefeuille marron, elle veut juste récupérer ses thunes, c'est pas drôle putain. Personne ne bouge, quelqu'un a dû trouver le moyen de lui voler au comptoir, elle va porter plainte. Dès le lendemain, le coupable est serré. C'était Tendre, devant nous, sous la table. Elle a retiré beaucoup d'argent mais elle remboursera tout, c'est promis. Elle a juste écrit pour avouer avant de demander à se faire interner. Elle veut me voir moi, uniquement moi, et au plus vite.

Elle est grise, faible et shootée, en même temps qu'elle flotte dans une espèce d'euphorie effrayante, si soulagée que tout le monde ait enfin compris son problème d'humanité. Elle doit me dire, les heures dans ma salle de bains, elle les passait à se démolir, par tous les moyens : lames de rasoir, ciseaux à ongles, doigts dans la glotte, destop. Tu n'imagines pas la profondeur des abîmes de détresse que j'ai atteints à un mètre de ton lit. Chaque jour la guerre, l'horreur, la désolation. Elle n'a plus de forces, elle n'avait pas le choix, trahir, que quelqu'un enfin percute, que quelqu'un l'arrête. Elle espère ne plus jamais sortir d'ici. Elle a parlé de moi à la psychiatre. La femme en blanc a été claire. Pour ne jamais m'être aperçue que Tendre était en train de se tuer, ça ne doit pas être très étanche dans ma tête non plus. Voire franchement mal ceint. Mais c'est pas pour moi qu'elle est ici, c'est pas son problème. La seule chose que Tendre me demande si je veux vraiment l'aider, c'est de disparaître. Elle voulait juste me le dire en face.

How true ?

Il arrive que le résultat d'une proposition mathématique soit un peu plus subtil que vrai ou faux. Heureusement, puisque tout doit être nommé pour faire système, les maths ont formalisé les probabilités, le pied absolu, l'extase du raisonnement logique.

Le probable, c'est ce qui est considéré comme plus certain qu'aléatoire. On peut utiliser des synonymes, prévisible, réalisable, plausible, croyable, admissible, mais on ne sait pas définir le probable autrement que par son degré de vérité potentielle.

Pour analyser au plus juste un événement, on peut même avoir recours aux probabilités *conditionnelles*, qui vont encore plus loin, en déterminant la probabilité que quelque chose ait lieu *sachant que* quelque chose d'autre a déjà eu lieu. Un exemple de probabilité simple : quelle est la probabilité que je tire la dame de pique dans ce jeu de 52 cartes ? 1/52. Un exemple de probabilité conditionnelle : quelle est la probabilité que je tire la dame de pique dans ce jeu de 52, sachant que mon voisin vient de piocher ? 1/51.

On utilise les conditionnelles uniquement dans le cas d'événements dépendants, autrement dit lorsqu'il n'est pas réaliste de calculer la probabilité d'une situation présente en faisant fi d'une situation antérieure. L'événement passé se nomme pondérable et s'écrit en indice.
Exemple : Calculez $P_N(T)$, la probabilité que Tendre ait disjoncté à cause de moi sachant que je suis déjà responsable de la dérive de Novatchok.

Combay

Il me faut du fric pour acheter mes nuits et l'enfance recrute. Je me retrouve payée à regarder jouer des petits spartiates après l'école, quand leur maîtresse est déjà partie et leur maman pas encore arrivée. Les gamins déboulent en meute de leurs classes, les groupes se forment, élastique, enjeux romantiques, pogs, drames amicaux, foot, basket, béret, lectures autistiques, chat perché, touche-pipi, badminton. Mutin et moi on les surveille mollement parce qu'évidemment on est de leur côté, on fout rien sur le banc, tranquille, à l'ancienne.

Mon préféré, c'est Combay. Hector aurait été comme lui si la petite maîtresse ne l'avait pas enfermé dans un aquarium sans eau. Combay est un petit hibou tout rond, le cheveu rare et hirsute, des doubles foyers superbement anachroniques, une radicalité remarquable dans sa manière, soit de se taire, soit de débiter en rafale en se balançant de gauche à droite. Il est activement muet la plupart du temps mais parfois, pendant les devoirs surtout, une étincelle déclenche brutalement sa machine cerveau. Toutes les lumières s'allument fort et franc dans ses yeux comme sur le

Stade de France un soir de finale. Hors-sol, Combay agite ses ailes d'un coup et se met à déballer avec une maniaquerie obsessionnelle, tantôt la liste de ses ornements royaux préférés dans le haut Moyen Âge, tantôt les étapes d'assainissement du bois flotté, tantôt la composition chimique du doliprane, tantôt des vers de Rûmî. Je reconnais vite sa faim. C'est un futur paladin. Je lui confie la splendeur des matrices alors qu'il n'a pas encore atteint l'an 10. Il est fils unique, sa mère est une adjointe de la mairie riant toujours à contretemps, son père un fleuriste contemplatif s'oubliant volontiers sur le cul des animatrices. Le pauvre Combay doit se faire tellement chier avec ces deux parents trop petits. Quand ils lui tiennent la main pour traverser la rue, on dirait deux scolopendres qui croient escorter le Roi Lion.

Ce soir, Combay est coincé au fond de la cour, seul, assis, jambes tendues, se balançant d'avant en arrière en tapant des poings sur le bitume. Je tente de le récupérer. Désemparé, il me montre du doigt un trou dans le goudron. Je m'approche. Le trou n'est pas plus large qu'une pièce de dix centimes, pas plus profond qu'un dé à coudre. À l'intérieur de ce trou, il y a une bille transparente comme on avait avec Petit Prince.

Combay est terrassé. Impossible de faire sortir la bille du trou. Et c'est vrai que ça n'a aucun sens vu du dessus, que cette bille ait pu un jour entrer dans ce trou et qu'elle y soit maintenant coincée, laissant juste un judas pour nous condamner à la regarder agoniser là-dedans. C'est une absurdité physique. La seule hypothèse plausible mais hautement peu probable, c'est que le goudron ait joué et soit venu se refermer par-dessus la bille, de rien du tout, un petit bourrelet de quelques microns, juste assez pour qu'on ne puisse pas la ramener sur terre avec nous. Combay est en implosion, il tape le sol avec ses poings, il sue à la racine de ses cheveux fins, il se gratte la tête en répétant Bon sang mais bon sang, il faut qu'on l'aide, il faut qu'elle sorte, il hyperventile, il panique, il louche un peu, il est à plat ventre maintenant, à regarder dans le trou de son gros œil gauche dans le double foyer, il tente tout, un trombone, sa médaille de baptême, son lacet, son ongle, une paille, un mikado, n'importe quoi qui pourrait faire levier, il essaie même de créer un courant d'air en aspirant mais rien, impossible d'extraire la bille de cet incompréhensible trou trop petit dans lequel elle a pourtant réussi à aller se coincer.

Imodium

Un soir de mal de crâne tellement aigu que le mousseux n'en vient pas à bout, je cherche un médoc pour me calmer. Il y a un vanity jacquard dans ma salle de bains. Je n'ai jamais remarqué cet improbable truc matelassé chez moi, aïe, putain, c'est carrément insoutenable de baisser la tête, je vais buter quelqu'un, merde, je veux sortir, je presse les taquets sur le côté, clang, ça s'ouvre. Le vanity est rempli jusqu'à la gueule de boîtes en carton, et sur le miroir, à l'intérieur du couvercle, un post-it.

Ma chérie,
De quoi prendre soin de toi au quotidien,
maintenant que je ne suis plus tout près pour
y veiller. La maison est bien triste depuis
que tu es partie. Je suis fière de toi,
Ta maman qui t'aime

L'écriture soignée me cryogénise les cervicales. C'est impossible. C'est un piège. Je n'arrive plus à respirer, je recule de quinze mètres, je bute contre le mur du salonchambre-cuisine, une paire de chaussettes de ski me barre la trachée, ma colonne va rompre, je cherche le vent – OH ! Reviens ! Mutin dit que calmos, c'est seulement une crise d'angoisse. Elle les voit venir, elle en fait plein, il faut juste pas avoir peur d'étouffer, expirer très fort et parler. Elle dit qu'il y a des spartiates qu'on peut payer pour ça d'ailleurs, parler, que ce ne serait peut-être pas inutile si une boîte de dolipranes me fout dans cet état-là. Je lui propose d'aller bien se faire mettre.

Nemo censetur ignorare mathêmata, Nemo censetur ignorare mathêmata, Nemo censetur ignorare mathêmata, Nemo censetur ignorare mathêmata. Je tape dans le mur jusqu'à m'éclater les métacarpiens. *Nemo censetur ignorare mathêmata*, c'est l'impensé du Code civil, l'impardonnable atrophie sociale, pas un début d'alinéa sur la logique, nulle part il n'est écrit que Nul n'est censé ignorer les mathématiques. En cas de manquement aux lois de probabilités existentielles, il est donc parfaitement légal d'invoquer la bonne foi. Niquez-vous les profanes.

C'est pas le rhum qui tend Amer

Amer a 9 ans mais on croirait 130 à cause des tombereaux de haine qui coagulent dans les douves de ses joues. Il luit comme un arancini oublié sur un balcon plein sud mais il ne pue pas la friture, il sent l'effroi, le givre et le cratère.

C'est toujours le premier à débouler dans la cour, avant même la sonnerie. Il se terre dans un coin du préau, derrière la porte du gymnase. Il détaille tout, patiemment, méthodiquement, fomente sa gloire du jour. Il jette des graviers aux visages, balance de l'eau par-dessus les portes des chiottes, vole le ballon de basket, se couche au milieu du but de foot, bouffe l'épervier, étale de la terre sur les dessins, déchire les livres, découpe les grillages, dessine des bites sur les murets, soulève les jupes, noue ensemble les lacets sous les tables du CDI, crache dans les goûters, renverse les cartables, mélange les cahiers, mord les stylos, pisse dans les trousses. Parfois, peut-être qu'il est fatigué ou moins inspiré, il n'y a même pas de scénario, il fonce juste sur une petite spartiate, la balance à terre et la saccage de coups de pied dans le plexus jusqu'à ce qu'on se mette à trois pour le contenir.

Le but de la récré est atteint, puni sur le banc, mais ce n'est pas fini. Selon le pourcentage de patience et de foi en l'humanité du jour, je tente de gueuler, de menacer, de sermonner, de raisonner, d'expliquer, parfois même de comprendre ce panzer enragé. Il regarde ses pieds longuement, je me dis ça y est putain, l'exorciste, je l'ai atteint, le démon va sortir, mais toujours il se redresse, plante son œil dément dans le mien, sourit comme un horrible joker sadique et c'est parti. Va mourir sale pute, crève dans ta merde je t'encule, ton père c'est un pédé et ta mère c'est une salope, tu ressembles à rien grosse chienne, je vais te crever dès que je pourrai m'acheter un couteau, ferme ta gueule, tu sais pas qui je suis, je vais te découper ta peau et te la fourrer dans le cul, je vais t'ouvrir toutes les veines et je te cracherai ton sang dans ta face de sale connasse, je vais t'égorger, je te ferai bouffer ta langue et si tu te plains, je te casserai les os un par un.

Amer a connu toutes les sanctions. Il a été collé, isolé, viré, déplacé dans le bureau du directeur, privé de voyage scolaire. Il n'en a superbement rien à battre. Il profite de ce temps pour travailler sa sournoiserie et revient dix fois plus cruel au sursis suivant. Il n'y a qu'une seule phrase qui marche sur lui. Je l'ai prononcée par hasard. Le furieux s'est pétrifié, il est tombé à genoux, il s'est mis à pleurer toutes les larmes de son corps, si fragile soudain, alors qu'il avait encore du sang sous les ongles, il a dit Non non non je t'en supplie, ne fais pas ça, pardon, je suis désolé, je ferai tout ce que tu veux, j'arrête toutes mes conneries, je te promets, je ne recommencerai plus jamais, par pitié, laisse-moi une dernière chance, ne fais pas ça. Il faut juste dire On va être obligées d'en parler à ta mère.

Bonjour !
Vous êtes bien
sur le répondeur
de Grandoux.
Je ne suis pas
disponible
pour l'instant
mais vous pouvez
me laisser un message.
À bientôt !

La Musse

Puisque tout le monde dort ou fait sans blanc, je passe mes nuits à graver des formules de maths le long des arbres pour tenter de clarifier les termes de mon équation. Je suis à quatre pattes sur un capot de bagnole, tendue vers mon street ouvrage, quand une voix claire dans mon dos demande jusqu'où je compte aller exactement avec ce pauvre hêtre. Je me retrouve nez à nez avec une bourgeasse qui doit habiter dans la rue, rien à battre, je lui dis juste de se détendre, c'est pas des croix gammées, c'est des identités remarquables. À la base, c'est un truc de rapidité en calcul, en gros tu concatènes des expressions pour simplifier les écritures, et du coup je m'en sers pour dégager des groupes de mots inutiles de ma tête en espérant isoler plus vite l'inconnue qui enserre mes tonsilles et dont je cherche le nom depuis des siècles, bref, y a moyen d'être tranquille ou c'est la police des arbres ?

La bourgeasse ne s'appelle pas Marie-Sixtine mais la Musse, comme le passage que se crée le petit gibier dans un buisson pour pouvoir s'enfuir quand il est pourchassé. Je trouve ça joli mais c'est pas comme si c'était elle qui avait choisi son prénom en même temps. Ouais cool, et donc ? La Musse me toise avec circonspection. Elle se tape complètement de l'étrangère qu'il peut bien y avoir dans ma gorge, chacun sa merde. En revanche, ça ne veut rien dire, enserrer des tonsilles. Les tonsilles c'est plat, on ne peut pas encercler un truc plat, à tous les coups je confonds avec la luette. C'est bien d'être attachée aux formules et d'avoir de la repartie mais si le but est de trouver un mot, ça ira sans doute plus vite en n'employant pas tout et n'importe quoi. Les gens veulent être compris mais ils sont pas foutus d'être précis, putain. La révolte obsessionnelle de cette Musse est prodigieuse. Elle se marre quand je lui dis qu'avant de m'expliquer la vie et la précision, elle devrait commencer par appeler ce hêtre un chêne. Je ne sais pas ce qui brille soudain dans son regard mais elle me demande de l'appeler le lendemain.

Elle m'a trouvé une utilité. Elle me fait entrer dans un vrai travail, comme les vrais humains. Ça a lieu tous les jours de toutes les semaines ou presque, exactement 236 jours, 365 moins 104 (52 × (samedi + dimanche)) moins 25 (CP). Il y a des horaires, de la moquette beige, un bureau marron en contreplaqué, un ouvre-lettres, un massicot, un interphone, un bac à dosettes, un ôte-agrafes, une ligne directe si on fait 32 à la fin, un tapis de souris et une machine à affranchir. Mon vrai travail, c'est d'aider des spartiates à verbaliser ce qui leur pose problème dans la vie mais qu'ils n'arrivent pas à exprimer clairement dans leur foutue polentase. Comme quoi, il existe bien un petit recoin d'eux qui meurt d'ennui et d'absurdité dans ces existences incompréhensibles, c'est rassurant. Je me concentre de toutes mes forces pour décrypter leur bafouillage et ça fait jaillir les mots justes dans ma bouche. Mon envahisseuse a enregistré et classé les milliers de termes entendus depuis l'an 3, même ceux dont je n'éprouve pas le sens, comme prudence, domicile ou cuticule. Ils sont répertoriés par registre, style, ton, genre, nombre et forme. C'est toujours le bon qui sort quand un spartiate se heurte à une impasse de vocabulaire. Je suis rémunérée par virement mensuel grâce à mon RIB pour mon expertise lexicale. La Musse ne trouve pas ça ironique, que je sache nommer les angles morts avec précision pour les spartiates et pas pour moi. Le temps mon chaton, le temps, il n'y a que ça, tu finiras bien par trouver.

Iphigénéïa

Je suis sous la tutelle d'Iphigénéïa au vrai travail, dans le département Éloquence. Elle a commencé comme moi il y a des années, interprète pour spartiates nébuleux.

Elle y a cru sincèrement les premiers temps. Elle pensait vraiment que c'était possible de construire des phrases sensées, pas en termes de style hein, juste de nécessité. Mais assez rapidement, elle est arrivée au constat terrible que, en fait, parler assombrit les nuages. C'est toujours la même histoire : les spartiates sollicitent le département Éloquence et débarquent au premier rendez-vous au bout du rouleau, déversant d'un seul coup les décennies de questions sans réponses qu'ils n'arrivent plus à endiguer. Ils pensent qu'ils iront mieux en formulant clairement leurs entraves, alors ils se rabattent sur les mots sauf que, neuf fois sur dix, ceux qu'ils prononcent les terrifient encore plus que de ne pas savoir dire ce qui les empêche. Tremblotants comme s'ils écartaient leur propre rideau occultant sous la menace d'un bazooka, ils entrevoient la violence du déluge, boivent la tasse dès le début de la traversée, se font la frayeur de leur vie, referment toutes les écoutilles et se rappellent qu'en l'état tout va très très bien finalement, soudain rassurés par le brouillard cotonneux de leur confusion. Oui, bien sûr qu'ils ont peur, et franchement elle aussi, c'est ça d'ailleurs qu'elle a fini par comprendre. Il faut être totalement con, voire maso, pour imaginer qu'on peut guérir de la vanité des mots. Iphigénéïa ne croit plus du tout à la lumière qui surgirait du marécage des conversations. Elle est bien plus radicale que ses carrés Hermès : après dix-huit mois passés dans la boue, elle a carrément cessé de parler. Elle a demandé la direction du département et maintenant elle fait les rétroplannings. Au moins Excel, quand une formule est fausse, il dit Erreur.

Wallpaper

J'ai pris en photo un somptueux coucher de soleil avec mon téléphone. Je veux le mettre en fond d'écran au vrai travail. Je me l'envoie par mail, je glisse la pièce jointe sur mon bureau d'ordinateur, je fais clic droit, Choisir comme image du bureau. L'horizon paisible et doré jaillit, écrasant net le tigre à dents de sabre qu'il y avait avant, tout minable à côté de son vieil iceberg. Je me remets au travail, calmée par le chaud crépuscule. C'est la fin de la journée, enfin l'heure de ranger les icônes moches qui traînent sur l'écran dans leurs dossiers source. Une seule icône n'a pas de place définie : la photo de la douce lumière avant la nuit. J'hésite un peu, il faudrait repenser toute l'arborescence de mon système, je verrai ça demain, par dépit je range mon soleil dans Mes documents, Photos WoOoW-perso, j'ai honte de ces deux w surexcités, ne pas trop y penser, j'éteins mon ordinateur.

Le lendemain matin, j'arrive au vrai travail, je me fais un café, je rejoins tranquillement mon poste, mais en m'asseyant, qui est-ce qui m'accueille au fond de l'écran ? Le tigre à dents de sabre. Vite, vite, Mes documents, Photos

WoOoW-perso, Date de modification. L'océan pailleté est bien là. Que se passe-t-il ?!?

La Musse est la seule adulte à connaître toutes les réponses à toutes les questions mais sur ce coup-là c'est mort, elle est nulle en ordi. J'appelle immédiatement Petit Prince. Mon frère est devenu un génie de l'informatique, il a tout appris tout seul, maintenant c'est même son vrai travail à la sous-préfecture : les spartiates lui expliquent en polentase ce qui ne tourne pas rond dans leur logiciel et lui il résout en programmatique. En gros, il est interprète de problèmes lui aussi, mais avec des codes.

Je lui raconte à toute allure, le tigre qui a bouffé le rasant, l'urgence au fond de l'écran. Petit Prince dit Ah lol ok t'inquiète c'est rien. Tu as tendu une sorte de piège à ton disque dur. L'ordre que tu lui as donné hier n'est pas Je veux la paix diaphane comme image du bureau, mais La photo de fond d'écran que je veux est rangée ici. Que ce soit la carte de l'Antarctique, la Croquemitaine en claquettes ou l'Armada du siècle, il s'en tape l'ordi, la poésie c'est pas sa guerre. Il va juste chercher ce que tu lui as demandé d'aller trouver là. Donc, ce matin, en s'allumant, le système veut récupérer comme convenu ton image kikoo sur le bureau, sauf qu'elle n'est plus là, eh oui, évidemment, puisque tu l'as déplacée dans Mes documents. Un ordi c'est une machine hein tu te souviens, il a pas fait psycho. Il ne se dit pas Bon, elle est obsessionnelle on est tous au courant, elle a dû la ranger dans son dossier de photos cette vieille maniaque, je vais jeter un œil. D'ailleurs il ne se dit rien du tout, il exécute, parmi deux et seulement deux chemins possibles :

1. Le coucher de soleil est là où on m'a dit qu'il était, je le mets en fond d'écran.

2. Il n'y a rien là où on m'a dit d'aller chercher, je reviens à l'ordre précédent : le tigre à dents de sabre.

Je demande si ce hiatu technologique porte un nom. Petit Prince s'en fout un peu de comment s'appellent les choses, ça change rien, le but c'est de corriger les bugs non ? Je m'obstine. Il sent bien que ça me bloque quand même, qu'il n'y ait pas de mot pour dire qu'un fauve à dents de sabre a chassé mon horizon calme et lumineux. Il est gentil, il veut bien chercher dans son jargon. Bon. Éventuellement, pour s'en approcher, on pourrait appeler ça une erreur de path, c'est de l'anglais, ça veut dire voie, sentier, trajectoire, route, passage. En gros, tu as toi-même retiré à ton ordinateur l'indication dont il avait besoin pour poursuivre le chemin souhaité. Hein ? Comme si t'avais foutu le feu à Brocéliande alors que t'étais en train de faire le GR 37 ? Euh… un peu ouais, stu veux. Mais personne fait ce genre de truc en vrai, c'est pour ça que ça n'a pas de nom. À ce niveau d'absurdité, au boulot, on dit que le bug se situe entre la chaise et l'ordinateur.

Assimil

Iphigénéïa est une authentique aristocrate, flottant dans la modernité avec la superbe d'un paon dans un rallye de bikers. Le soin absolu qu'elle porte à son métachronisme est proprement bouleversant. Iphigénéïa, son port altier, la cohérence de sa peau, la symétrie de son visage, l'étanchéité de son phrasé laser, sa verve amphibie, son tréma, la certitude de ses gestes, son élégance. Pas du tout le genre chaussettes trouées.

Non seulement Iphigénéïa n'a pas peur, mais mieux elle s'attendrit, que je ne sache ni manger, ni boire, ni dormir, ni marcher, ni respirer normalement. Elle trouve adorable que je n'aie jamais entendu parler de la méthode Assimil, c'est impossible, je dois avoir oublié plutôt, et c'est très bien comme ça. Elle pense que c'est pas pour rien qu'un con cyan refoule des trucs. Elle ne comprend pas les humains qui veulent exclaver à tout prix les choses que notre cerveau nous cache pour nous protéger. Pour aller bien, il suffit de fuir le dehors et les spartiates avant qu'ils ne réussissent à nous noyer dans leur bouillie de cerveau. Iphigénéïa s'exprime dans la plus parfaite salubrité : rien ne sort, rien ne rentre, voilà le secret d'une bonne hygiène intérieure.

Iphigénéïa a la patience paisible d'une missionnaire. Elle pense que le whisky ne doit pas aider à détendre mon ma sséter – bah ? mon ou ma ? –, haha, ton, en un mot, masséter, le muscle hyper puissant qui coordonne le mouvement au fond des mâchoires. Il est tellement raide au toucher qu'il risque de calcifier et moi de ne plus pouvoir parler. Iphigénéïa dort avec une main comprimée autour de ma bouche pour m'empêcher de corroder mes dents. La nuit, quand mon cœur déglingue si brutalement ma poitrine que je voudrais arracher les fils, Iphigénéïa dit : Tout ira mieux maintenant que je m'occupe de toi.

Il faut juste que je me stabilise.

Il faut juste que je construise ma vie.

Il faut juste que je me sente quelque part chez moi.

Fonction du bug
entre la chaise et l'ordinateur

Soit Je une individue d'an 23 appartenant à l'ensemble Humanité.
Je a tout bien fait comme on lui avait dit pour être une adulte accomplie selon les critères de l'humanité. Je a Iphigénéïa, un vrai travail, un RIB, de merveilleux paladins, un système cognitif à peu près opérant, un lit, la santé surtout.
Peut-on affirmer que Je est heureuse ?

On sait que les critères théoriques de bonheur dans l'ensemble Humanité sont les suivants : confort matériel, travail, famille, santé, amour, amitié. Nommons respectivement C, T, F, S, R, A ces six critères.
- Soit B(X) = C + T + F + S + R + A, la fonction de bonheur théorique d'un individu X, définie sur Humanité, à valeur dans]0 ; +∞[, 0 équivalant au désespoir absolu, +∞ à l'enchantement permanent.
- Ainsi, B est croissante : le bonheur théorique d'un individu X augmente avec les critères de bonheur qu'il réunit.
Jusqu'ici tout est logique.

- On rappelle les attributs de Je : Iphigénéïa (R), vrai travail (T), RIB (C), merveilleux paladins (A), un système cognitif à peu près opérant (hors équation), un lit (C), la santé surtout (S).
D'où : $B(Je) = R_{Je} + T_{Je} + C_{Je} + A_{Je} + S_{Je}$
⇒ Je réunit 5 des 6 critères de bonheur. Je n'a pas encore atteint l'éden mais elle est loin de Notre-Dame des Sept Douleurs. Je est heureuse aux cinq sixièmes.

Or :
- Je ne dirait pas qu'elle est heureuse aux cinq sixièmes. Je sent que quelque chose ne tourne pas rond chez elle, quelque chose que le critère manquant (F, « Famille ») ne pourrait pas combler.
- On rappelle qu'en maths un seul contre-exemple suffit à rejeter une conjecture.

Ainsi : Les critères objectifs de bonheur de l'ensemble Humanité ne suffisent pas à garantir le niveau de bien-être ressenti d'un individu. La fonction du bonheur réel dépend donc également d'un paramètre subjectif, indépendant des théories win-win de la vie épanouie, que nous nommerons « coefficient de vitalité ».
Soit k ce coefficient de vitalité, défini sur $]0 ; +\infty[$ (sinon on est morts), tel que la fonction de bonheur réel $B_{réel}(X)$ de tout individu X appartenant à Humanité devient :
$B_{réel}(X) = k.B(X)$
$B_{réel}(X) = k.(C + T + F + S + R + A)$
Comment évolue la fonction de bonheur réel ?

Pour k défini sur [1 ; +∞[, $B_{réel}(X)$ devance B(X) : le bonheur réel de l'individu X est supérieur à son bonheur théorique.
⇒ k est ce tout petit supplément d'âme, cette petite flamme.

Mais, pour k défini sur]0 ; 1[, $B_{réel}(X)$ entrave B(X). Le bonheur réel de l'individu est inférieur à son bonheur théorique.
⇒ k est comme un oiseau mort quand, toi, tu dors.

Quels que soient les critères de bonheur objectifs réunis par Je, il est donc impossible d'affirmer qu'elle est heureuse tant que l'on ignore la valeur de son k.

Vitrine

Je réponds oui à tout pour faire comme les spartiates heureux. Grâce à on, je suis enfin stable et scène. Avec Iphigénéïa on est une famille, on est en coupe, on a chacune un vrai travail, on ne manque pas d'argent, on n'a pas de gosses, pas d'animaux, on a une voiture et même un compte joint avec un second RIB. Surtout, on a un phoillé.

On s'est installées sur l'île Faucon, un havre au milieu d'une péninsule en zone protégée. On a choisi notre repaire pour son nombre de fenêtres. Une dans chaque pièce, et même deux dans le salon, sept en tout. C'est moins une question de lumière que d'aération, une passion commune. Le vent est le seul étranger autorisé à circuler dans notre douillet repaire. Notre activité principale est de veiller à ce que tous nos objets restent à la place qu'on leur a assignée. Nos assiettes rouges, nos creuses, nos couvercles, nos épices, nos parfums, nos chaussettes sales, nos taies d'oreiller, nos albums, nos cabas, nos culottes, notre aspirateur, nos serviettes de bain, notre balai à chiottes, nos tables de nuit, nos plantes, notre arrosoir, nos torchons mouillés. Rien ne doit jamais bouger de son emplacement d'origine.

On accorde un soin tout particulier à la vitrine. La pièce maîtresse du repaire est cette console, pleine de dizaines d'objets dont aucun n'a d'usage, seulement des choses colorées et bien rangées, à toucher avec les yeux. Il y a des girafes en perles, des boules à neige, des cartes postales, des reliques, des porte-monnaie kitsch, des fanions, des photos déchirées au milieu, des miroirs, des fleurs en plastique.

Chaque matin, on s'assied sur le canapé face à la vitrine et on désigne à tour de rôle les cinq objets qui disent le mieux notre humeur en salubrité. Parfois c'est très net – 33 tours « En rouge et noir » – et dans ce cas-là, on a le droit de donner le nombre restant d'objets autorisés à l'autre. Ça aide quand on est plus confuses – porte-clés babouche, ex-voto, antistress synovie, carte postale chrysanthèmes, extincteur.

Ischurie

Iphigénéïa a développé une telle intolérance à l'épanchement qu'elle ne peut même plus pisser en dehors de chez on. Ça, c'est le côté vraiment handicapant de l'asepsie. Une fois, ça a même failli lui coûter un rein. Elle était coincée à l'arrêt dans la bagnole au beau milieu d'un rond-point, envahi par des centaines de spartiates galvanisés de changer d'année. Iphigénéïa avait déjà envie de pisser avant de quitter sa soirée, mais elle n'avait pas pu à cause de la rétention, déjà qu'elle était stressée de devoir conduire. Dans la bagnole, sa vessie était tellement pleine à craquer que ça lui ossifiait le bide, elle avait des sueurs froides le long des joues, des douleurs terribles au niveau de l'hypogastre. Les spartiates faisaient des roulades sur le toit, secouaient la Twingo avec leurs tronches peinturlurées ravies de la crèche en hurlant BONNNNNE ANNNNÉÉÉÉE !!!!!

Elle, une envie de miction comme elle pensait même pas que ça pouvait exister, elle s'est concentrée, elle avait compris qu'il n'y avait qu'un seul remède, elle a forcé, ça faisait un mal de chien, et la bagnole qui tangue, et la sueur derrière les oreilles, et les gros lourds qui gueulent, elle a poussé, poussé de toutes ses forces, elle avait l'impression qu'elle allait expulser les gorges du Verdon, elle rêvait d'un tsunami, d'une cascade pédiluvienne mais que dalle, Colmar un 20 août, impossible de lâcher une seule goutte. Elle n'a pu s'enfuir qu'au bout de trois heures quarante-cinq. Elle était carrément en angle droit, la tête dans le volant, elle a juste eu la force de m'envoyer *Cochin tkt jtm* avant de tracer direct à l'hosto.

Bingo : globe vésical consécutif à anurie. Concrètement, les litres de pisse concaténés avaient fini par former une boule tendue et épaisse comme un ballon de hand, genre sensation cuir. Mate à la percussion. Iphigénéïa s'était tellement contenue que même à l'hosto elle n'a pas réussi à débonder. Ils lui ont tout vidé à la sonde. Elle n'avait jamais éprouvé une telle intensité de soulagement intérieur.

35 bis

Swayze et Novatchok ont une grande nouvelle. Le 35, c'est fini ! Le quotidien est trop plombant depuis que Petit Prince, le dernier, est parti. Il faut réapprendre à vivre sans la magie des enfants, oublier, effacer les traces de ce passé merveilleux pour mieux recommencer, ensemble, heureux comme avant. Ça fera du bien à tout le monde. On ne doit pas s'inquiéter, on les retrouvera facilement, ils ne vont presque pas changer d'adresse. Ils prévoient simplement de détruire la praison, de vendre ma prairie, et avec l'argent, de reconstruire un abri exactement au même endroit, le 35 bis !

La démolition sera un gros chantier, il va même falloir une grue pour creuser la terre. Je ne savais pas que ma praison était plantée dans le sol, je croyais qu'elle tenait debout parce qu'elle était lourde. Ça va être un bordel sans nom de l'arracher de là, ils se feront moins chier avec le 35 bis. Opération lé-gè-re-té. On dégage toute la charge, on pose juste un algeco, carcasse palettes, ça pèse que dalle, pas besoin de fondations, seulement un vide sanitaire entre le sol et le premier plancher pour empêcher les infiltrations.

À l'intérieur, ce sera feng shui. On balance tout le linge sale, les vieux torchons, on se débarrasse de la poussière, et même du paillasson. Tout le 35 partira avec la grue, vous prenez ce que vous voulez, le reste, c'est à la benne. Oui, même le canapé jaune, ils l'ont assez vu, et puis ils ne veulent que du teck et du verre laminé. À la place de ma chambre il y aura des chiottes, c'est un petit clin d'œil pour que je me sente bien comme je suis toujours fourrée dedans.

Mon inconnue sauvage reste interdite sur le seuil de cette porte vers le néant, comme un fauve né dans un chenil et lâché du jour au lendemain dans les steppes cause dépôt de bilan. Je ne sais pas si elle est pétrie de gratitude ou terrifiée par la découverte de son milieu naturel, ou peut-être qu'elle a juste peur de ne pas réussir à vivre de l'autre côté des barreaux. Je ne saurai jamais si ma praison a vraiment existé.

Encore un matin

J'enduis grassement ma brosse de dentifrice. Je commence par les incisives, en petits cercles concentriques, puis je ponce les gencives de gauche à droite jusqu'à ce qu'elles s'embrasent. Là, j'ouvre grand la bouche pour gratter le poli des canines. Le contact avec les pointes limées me fait frissonner de dégoût. Je m'en prends enfin aux molaires, massives et puissantes, je les provoque pour m'assurer de leur démesure, je pourrais broyer n'importe qui si seulement j'avais la force de déchiqueter. Le soin dentaire, c'est juste pour retarder le moment d'attaquer la langue. Qu'elle ou moi on en finisse, une fois pour toutes. Je ne vois pas de couture au fond pourtant je suis certaine que ce n'est pas la mienne. L'apex pend, dénervé. Je m'applique à l'abîmer. Je tends la langue face au miroir et je me mets à débourber avec la brosse, le plus profond possible. Je voudrais que ma bouche soit assez grande pour pouvoir frotter à main pleine comme on décape un arbre malade, la poncer jusqu'au voile du palais.

Je suis constamment frustrée. Le ridicule fluide qui apparaît ne dit rien des convulsions qui secouent mon estomac. Aucune trace de rage mutante, pas même les frites congelées de la veille, jamais de solide, juste de la bile qui remonte en arceaux le large de mes joues pour venir mourir, muette et translucide, à l'aplomb de mes commissures.

Liberté • Égalité • Fraternité

RÉPUBLIQUE FRANÇAISE

SOUS-PRÉFECTURE DE LA PRAISONNIE

Département Un problème-Une solution

M. PETIT PRINCE

Directeur du langage codé

Hello,

Je sais ça fait ieuv d'envoyer une lettre mais ça me faisait marrer de te montrer mon papier à en-tête de mec qui pèse dans le game. À l'ancienne jusqu'au bout, je t'ai aussi fait une photocopie de mon check-up. Tu verras, y a une masse noire sur le côlon. Pas ouf. Tu connais pas un bon gastro-entéro ? Les mecs sont en titane ici, personne n'est foutu de me dire ce que c'est que cette merde.

PP

Ps : C'est ouf de se dire que t'auras ce courrier dans 2 jours lol.

Ps2 : Et encore on n'est pas vendredi (ça passe le samedi ?).

Ps3 : C'est impossible de pas faire 12 Ps quand t'écris à la main sérieux, comment ils faisaient avant pour leur mémoire de fac ? Moyen Âge mdr, l'enfer.

Ps4 : T'as des news de Swayze ?

La mala educación

Iphigénéïa se demande quand même un peu d'où je viens pour rien savoir faire de quotidien comme ça. Elle est de moins en moins drôle avec son protocole salubre. Elle dit que le couteau se met à droite de l'assiette, qu'on ne doit pas poser de tasses brûlantes sur des meubles anciens, qu'il faut apporter quelque chose quand on est invitées à manger, que d'ailleurs on dit dîner quand c'est le soir et déjeuner quand c'est le midi, qu'il faut se laver les mains quand on sort des chiottes, envoyer des cartes postales quand on est en vacances, que les surgelés c'est dégueulasse, qu'il y a des traces de céleri dans les carottes râpées sous vide, que c'est pas comme ça qu'on ouvre un nuancier, qu'il faut mettre de la crème quand la peau craquelle, que le toubib c'est pas si cher, que c'est remboursé par la sécu et qu'il faut y aller quand on gerbe tous les matins, que c'est impoli d'être en retard, qu'on ne promet pas des choses qu'on n'est pas capable d'honorer, qu'il faut prévenir quand on se sauve la nuit par la fenêtre, que quand on vit ensemble on ne décrète pas, on se met d'accord, qu'il faut prendre le temps de trier les couleurs avant de lancer une machine, qu'être bourrée sept jours sur sept ça ne veut pas forcément dire qu'on est libre.

Mon cul.

Voir sa fenêtre à minuit

Je ne passe pas tant mes soirées à boire par amour de l'ivresse que pour tenter de percer celle des autres. Soulagés par l'alcool et le noir de la nuit, la plupart des spartiates finissent toujours par nuancer leurs sourires d'humains comblés. Leurs voix s'épaississent, ils commencent leurs phrases par je, s'approchent de quelque chose de l'ordre de la justesse. Ils se mettent à parler de regrets, de travers, d'empêchements, de glu, d'incapacités, d'amour secret, de pas le bon moment, de la honte qui les paralyse, de leurs nuits d'insomnie, du morceau qui les fait pleurer à chaque fois, de cette chose qu'ils n'ont jamais osé dire, du frère qu'ils aimeraient mieux connaître, de l'enfant qu'ils n'auraient pas eu s'ils avaient su, de l'angiome de leur voisine, de leur peur du vide, de leur rêve de voler.

Je guette ma clé de grâce dans les profondeurs de leurs confidences. Parfois, ils prononcent une phrase déterminante, j'en suis certaine, je le sais à l'oreille, les notes parfaites, comme les paladins, une phrase qui en contient mille, l'essence, l'explication tout entière. La porte de leur monde tient, non pas dans le choix de leurs mots, que je connais tous, mais dans l'harmonie immédiate qui émane de l'articulation de ces mots ensemble, dans cet ordre indiscutable et soudain évident. Ma monstre muette est quelque part là-dedans c'est sûr, je creuse, je creuse, je creuse, mais ça finit toujours pareil : Olala ! Aucune idée ! Je ne me suis jamais posé cette question. Je sais pas, c'est la vie quoi. T'aimes bien te prendre la tête toi, haha, héhé, tranquille, bois un coup, détends-toi.

Il me manque une case.

On dirait que les spartiates s'obstinent à détourner la tension. Mais de quoi putain ? De qui ? Et pourquoi ? Comment ils font pour cohabiter avec toutes leurs autres phrases, celles qui sonnent faux ? Ils n'entendent rien ou quoi ? La Musse ne pense pas que c'est un problème d'atrophie intellectuelle, ni même de vocabulaire. C'est seulement que la plupart des humains savent mieux se débrouiller avec leurs avaries que sans. Bah, parce qu'ils ont appris à naviguer comme ça, c'est tout. Il n'y a rien à rafistoler, rien à leur faire comprendre, ils ont juste envie de s'épargner les grands travaux, ils ont le droit si ça marche, c'est leur vie. La Musse est vraiment reloue quand elle se met à chanter l'Ave Maria. Et moi alors ? Comment je vais trouver mon mot muet si tout le monde s'en fout ? Qui va m'aider ? Je ne veux pas sombrer dans l'abîme des conversations, je sais que demain tout recommencera, les soldes, les intellos précaires, on pense à acheter et à se faire suivre, enfin bon l'herbe est toujours plus verte ailleurs, peut-être une reconversion sinon. Je me congestionne, je dois savoir son nom, pitié, délivrez-moi de cette macchabée.

Swayzectomie

Swayze nous sort un post-partum de derrière les fardeaux. Le 35 bis n'est pas très viable tout compte fait, il ne s'attendait pas à tant de courants d'air dans un algeco, il a dû louper une étape d'isolation.

Il porte au coude le casque rouge de sa nouvelle cylindrée. Sa peau a bruni, il a des Ray-Ban et un perfecto Leclerc mais ça n'a pas trop l'air d'aller quand même, on dirait qu'il a rapetissé. Il a changé de parfum. Il a acheté des Monster Munch et de quoi bricoler des téquilas sunrise. Il allume deux Camel, toussote, prend une grande inspiration. Bon, ma Petite Princesse, bon. Tu me connais, je suis un fonceur. Bon. Je sais que tu n'aimes pas les surprises alors je te le dis mais c'est un secret hein, je compte sur toi, tu n'en parles ni à Grandoux ni à Petit Prince ni à Novatchok.

C'est pas à l'an 50 qu'il va se mettre à expliquer, on ne lui a jamais laissé en placer une de toute façon, ça suffit, il veut juste la paix là-haut sur la montagne, ne plus parler à personne. Il va partir d'un coup, comme ça, au beau milieu de la nuit, ce sera lundi prochain, il déposera une lettre, il a pris trois tee-shirts et hop, à lui l'éternité. Fais en sorte d'être joignable pour une fois, ils auront besoin de toi, je te laisse le trousseau ma Petite Princesse, tu sais que je t'aime très fort hein, y a que toi qui puisses reprendre le flambeau, bon courage, ciao.

Bonjour !
Je suis sûrement
en train de jouer
avec mes tendres petits
mais vous pouvez
laisser un message
à leur heureux papa,
Grandoux.
À bientôt !

Théorème de la responsabilité

Soit F l'ensemble « Famille », un groupe social composé de 5 individus.
- Swayze et Novatchok, les adultes,
- Grandoux, Je et Petit Prince, les enfants, du plus grand au plus petit.
Un danger plane sur Famille.
Qui est responsable de la sécurité de qui ?

Rappel du théorème de la responsabilité :
Soit X un individu.
Soit R(X) la responsabilité de X.
Soit A(X) l'âge de X.
Soit I(X,Y) l'intensité du lien entre X et tout individu Y.
Soit D un danger.
Soit R(X,Y) la fonction de responsabilité de X envers un autre individu Y, à valeur dans l'intervalle $[0 ; +\infty[$, 0 désignant l'abandon, $+\infty$ la protection inconditionnelle.
Soient R'_A, R'_I et R'_D les fonctions dérivées de R par rapport aux variables A, I et D. Alors :

R'_A est positive de R : la responsabilité de X augmente avec son âge.
R'_I est positive de R : la responsabilité de X augmente avec l'intensité de son lien envers tout individu Y.
R'_D est positive de R : la responsabilité de X augmente avec le danger.
D'après le théorème de la responsabilité, les adultes sont responsables des enfants, d'autant plus qu'ils les ont engendrés et qu'un péril plane sur eux.

Ainsi, dans Famille :
- Swayze et Novatchok sont responsables de la sécurité de Grandoux, Je et Petit Prince.
- En l'absence de Swayze, Novatchok est responsable de la sécurité de Grandoux, Je et Petit Prince.
- En l'absence de Novatchok, Grandoux est responsable de la sécurité de Je et Petit Prince.
- En l'absence de Grandoux, Je est responsable de la sécurité de Petit Prince.

Dans Famille, personne n'est responsable de la sécurité de personne sauf Je.

Digeo

Je suis en sécurité avec Iphigénéïa dans le repaire de l'île Faucon, sauf quand il fait nuit et qu'il n'y a plus de rhum. Ça commence toujours pareil. Des crires obscènes sidèrent brutalement mes tympans, se mettent à jouer au flipper entre mes synapses. Ils m'accablent dans un ouragan de menaces cryptées, mon cœur lancine, s'emballe, je ne tiens pas en place, mes mains deviennent moites, mes jambes se mettent à trembler, je me gratte la gorge, toutes mes veines battent la mesure à l'unisson, bam bam bam sous la peau, tu ne trouveras pas le repos. La monstrueuse me poursuit jusqu'ici, me harcèle, m'oblige à me retrancher.

Au point de rupture, je cours vers ma cachette. Elle est tout au bout du sentier, à gauche. Je dois être seule pour combattre ses assauts. Je ferme la porte et le rideau occultant. Je tourne la bibliothèque et tire le secrétaire à la perpendiculaire pour former une cabane avec l'angle du fond. Je rampe sous le pupitre, je me tasse dans le coin gauche du mur et je fixe le tiroir bleu. *Sors de moi l'infinie, sors de moi l'infinie, sors de moi l'infinie, sors de moi l'infinie, sors de moi l'infinie, sors de moi l'infinie, sors de moi l'infinie, sors de moi l'infinie, sors de moi l'infinie, sors de moi*

C'est ma propre voix qui me hurle dessus. Pas la métallique des vidéos, la vraie, celle que j'entends moi quand je parle. Elle rugit Tu es une imposture, Arrête de faire semblant de sourire, Tu ne tiens même pas sur tes jambes, Réveille-toi, Tu sais très bien ce que tu as à dire, Je ne te laisserai jamais en paix, Dis mon nom.

Les mouches ont pied

Avant c'était facile, les paladins ne pensaient qu'à ça eux aussi, où est-ce qu'on se retrouve pour l'apéro. C'était juste une blague entre nous que j'enquillais le triple. Mais je vois bien qu'ils commencent à montrer des signes de faiblesse. Ok, ils passent au bar, mais juste pour un verre. Ils sont fatigués. Ils veulent se poser tranquillement chez eux, regarder un film, finir leur bouquin, se coucher pas tard, se lever tôt, être en forme ce week-end, y a ses parents qui viennent.

Ils avaient promis. C'étaient les Infaillibles. On ne devait jamais se quitter parce qu'on avait compris, nous, la vie, la vraie, on devait tout déglinguer, aux chiottes les CDI, les emprunts, le pacs, les gosses et toutes ces conneries pour conservateurs minables. On devait résoudre des équations pour toujours et maintenant quoi, ils me parlent de leurs patères, de leurs chaussons-chaussettes, de payer pour faire la Nuit blanche et de repeindre leur cuisine ce week-end ? Mais c'était quoi au juste leur foutu engagement, elle est où leur profession de foi ?

Les paladins ont grandi. Ouais vieilli surtout, si tu veux, t'es maline va, c'est marrant. Ils ont d'autres envies, c'est tout, merde, quel est le problème ? Et Iphigénéïa qu'est-ce qu'elle fait, pourquoi je ne rentre pas dans l'île Faucon, souffler un peu, on se voit samedi, c'est bon, c'est cool.

Les traîtres. Ils me l'ont bien fait à l'envers, ils me laissent crever dans le guet-apens. Je sais qui m'attend, sournoisement tapie dans le noir de la cage d'escalier. Elle va me nasser, elle veut se battre, hurler sous ma cage thoracique, je ne peux pas l'entendre, je ne peux pas l'affronter, je ne veux pas rentrer avant d'être tellement raide morte que je m'endormirai sur les marches, comme hier, comme demain. Je m'en fous, c'est pas les vrais amis qui manquent, je me casse, qu'ils aillent se faire foutre avec leurs promesses bullshit, leurs abat-jour à la con et leurs jardinières de merde, tocards.

Cloâtre

En polentase, chez moi se dit foyer.

Le foyer des spartiates est un endroit qui repose et protège du dehors. Mais pas comme un abri antiatomique, une chambre de décontamination, une caserne de pompiers ou une école. Non. Le foyer n'est d'ailleurs pas un seul endroit. Il y en a autant que de spartiates, mais ces milliers de lieux ont les mêmes propriétés. Il fait chaud et les matériaux sont doux. Il y a des draps, des coussins tendres, des lumières tamisées, les affaires de chacun, des livres ouverts, de la monnaie du pain d'hier, des envies pour demain.

On a mis tout ça dans notre repaire de l'île Faucon.

Je passe mes journées dehors,

l'essentiel de mes nuits.

Mais en rentrant, je ne trouve pas de foyer.

Il ne s'agit pas seulement d'un ensemble de critères mobiliers. Dans la bouche des spartiates, le foyer est un sanctuaire, le temple d'une sensation immédiate, profonde, totale, l'intimmensité, positivement proportionnelle à la présence de leurs intimmenses sous le même toit. Plus ils sont nombreux à s'y reconnaître, plus ils ont chaud et envie d'y rester, prononçant conséquemment des phrases comme C'était vraiment génial aujourd'hui, on est rentrés encore plus heureux dans notre foyer.

Cette polysémie me cloâtre au trou.

Je pense à forer, broyer, noyer, loyer, dévoyer, fourvoyer, fossoyer.

Je pense à foutre le feu.

Sauver ou périr

Novatchok dit qu'elle m'aime, que je lui manque et qu'elle voudrait juste me parler de quelque chose cinq minutes, quand ce sera possible bien sûr, ce midi, ou cet aprèm ou ce soir par exemple, et sinon qu'est-ce que je fais le week-end prochain, elle aimerait tellement passer du temps avec moi comme avant, elle attend mon coup de fil.

Je connais le scénario par cœur et pourtant je rappelle. Novatchok décroche, je ferme les yeux. Elle ne comprend pas. Comment, pourquoi, elle, encore, qui savait, où est-il, Monsieur-Grands-Principes, et l'algeco qu'est-ce qu'elle va en foutre, le 35 lui manque, les témoins ont dit que ton père avait disparu sur une cylindrée et qu'il était blond platine maintenant, heureusement qu'ils sont là, eux, ils te font tous un gros bisou d'ailleurs, Camaïeu qui va fermer, celui du centre, ils en ouvrent un trois fois plus grand dans la galerie, ton petit frère qui est toujours malade alors qu'il gagne plein de fric, et le grand alors lui, c'est simple, l'arlésien, aucune nouvelle, pourquoi, où, comment, JPS, ADSL, iPad, JJG, prise multiple, table en chaînes, 79.

Sa langue prend toutes les déviations, sa gorge crisse à se saigner, je voudrais lui dire Cette colère, pitié, ça pilonne dans ma cage thoracique, ma peau est trop serrée par tout l'air que réclament tes poumons, je tremble sous les cheveux, mes bras sont raides, le courant de mes phrases s'éclate contre une écluse invincible, les mots achoppent le long de mes remblais.

Il y a quelque chose qu'il faudrait qu'on

Tu t'es demandé pourquoi ma

Tu n'entends pas que je

S'il te plaît, est-ce que tu

Elle fait mmmff, je la devine à l'autre bout du téléphone, remuer les lèvres sur mes silences, elle essaie de patienter j'en suis sûre mais c'est plus fort qu'elle, ça finit toujours par resurgir, elle tient trente secondes et ça revient, M. Hyde, embardée dans la glissière de sécurité, C'est nouveau ton petit bégaiement là ? C'est dingue quand même d'être aussi empruntée. Tu devrais être poète.

Destop

On est chez Tweed, une amie d'Iphigénéïa, qui vit avec sa fille Yaku une semaine sur deux, comme Grandoux avec moi avant.

D'un timbre caverneux totalement inattendu dans cette petite bouche de 3 ans, Yaku nous chante sa joie d'aller au carnaval avec sa mère le week-end suivant. Tweed rectifie Mais non ma chérie, tu sais bien, je te l'ai dit, je ne pourrai pas être là cette année, c'est la semaine de papa. Yaku s'arrête net, médusée. Elle détaille sa mère avec méthode, sans qu'aucun mot n'éclaire ce qui bouillonne soudain au fond de son regard. Elle range son xylophone délicatement, noue ses baskets, attrape son gilet sur le fauteuil. D'un pas léonin, elle traverse la cuisine puis le jardin jusqu'à atteindre la clairière. Quand ses yeux élisent l'un des chênes, il ne lui manque qu'une couronne pour offrir son nom au royaume du monde. Elle se colle au plus près du tronc, dépose son glaive et sa cornemuse, fixe l'écorce. Son œil devient guerrier, ses poings se serrent, le temps ralentit, les moineaux cessent de pépier, les nuages se condensent, parés à accueillir la foudre de la reine des Ténèbres.

Alors seulement, sans préavis, sans frémir d'un cil, Yaku se met à hurler. Un AAAAAAAAAAAAAAAAAAAAAAAAAAAAA stratosphérique, fendant le mur du son jusqu'à faire vaciller toute la plaine. Yaku n'est plus que ce A dans cette bouche devenue immense, elle barrit au chêne le torrent de sa rage, l'océan de sa frustration, elle feule du fond des entrailles l'ouragan de son impuissance, le gouffre de son incapacité à dire autrement qu'en mugissant. Même l'herbe n'ose plus frémir sous ses pieds. Elle tient sa note magnifiquement assourdissante pendant douze ans, trois vies, et puis d'un coup, encore, rassemble ses lèvres, aussi brutalement qu'elle les écartelait pour conjurer une seconde plus tôt. Elle ne pleure même pas ni rien. Le démon est parti avec le vent. Elle plante sévèrement son glaive dans le pied du chêne et fait volte-face vers la maison en snobant tout le monde. Libérée.

Tous les humains possèdent trois formes de voix : le langage, le chant et le cri. Même ceux comme Yaku qui ne connaissent pas encore les mots arrivent à se faire comprendre. Je dois avoir un problème de faisceau arqué, une hernie labiale, une rétrognathie non diagnostiquée, une aphasie de conduction, une altération des cordes vocales, ou peut-être juste d'humanité. Rien de ce qui sort de ma tranchée ne m'exprime.

Immanité

Soit H, Humanité, un ensemble composé d'éléments dits « êtres humains ».
Soit Je, une individue composée d'éléments pas toujours limpides.
Aidez Je à savoir si elle est incluse dans Humanité.

Rappel des conditions de l'inclusion :
On dit qu'un ensemble A est inclus dans un ensemble B si chaque élément appartenant à A est aussi un élément de B.
Exemple : L'ensemble {1 ; 2} est inclus dans l'ensemble {1 ; 2 ; 3}.
S'il existe ne serait-ce qu'un seul élément d'un ensemble A qui n'appartient pas à B, alors A n'est pas inclus dans B.
Exemple : L'ensemble {0 ; 1 ; 2} n'est pas inclus dans l'ensemble {1 ; 2 ; 3}.
Ainsi, il est mathématiquement possible qu'un élément obscur appartenant à Je l'exclue de l'ensemble Humanité.

On sait que :
- Je ne cultive pas de passion notable pour le sport mais

se tient debout, jouit d'un pouce opposable et est capable d'émettre des sons articulés grâce à son larynx.
Ainsi, Je possède un certain nombre d'attributs cognitifs et morphologiques caractéristiques de l'ensemble Humanité.

Or :
- Je évoque depuis l'an 3 une propriété barbare n'ayant pas de correspondance dans le dictionnaire des êtres humains.

Donc :
- Un élément constitutif de Je n'est pas nommé dans Humanité.
- Je ne peut pas s'exprimer pleinement dans Humanité.
- Je n'est pas exclusivement définie par l'ensemble Humanité.

Nous sommes au regret de confirmer que Je n'est pas incluse dans l'humanité.

Oxymort

Alors voilà : oscillo-battant.

Il existe un mot pour désigner le système permettant d'ouvrir une fenêtre en PVC à la fois sur son petit côté horizontal et son long côté vertical, mais pour mon inconnue muette, que dalle. L'étau se resserre à mesure que je perçois l'indolence des spartiates à vivoter tranquilles à côté de choses qui n'ont pas de nom. Le jus de cornichon, la fonte jaune du mousson de canard, le froissement au milieu d'une chemise, la coupure au menton, la stabilité sans fondations, la solitude derrière une porte qui claque, le bégaiement nouveau, le froid d'un cloâtre délaissé, le vide salubre. Et ça ne gêne personne d'employer des démonstratifs et des articles définis ! Ils disent Quoi ? Ça ?! Bah ! C'est la tache de soleil qui reste sur mon mur blanc quand je retire le miroir c'est tout, j'en sais rien moi pourquoi ça n'a pas de nom précis. Et hop, ça leur va, on passe à autre chose, éhontément, pas peur des contradictions les gars. On se fout de ma gueule. Ce qui n'est pas dicible en un seul mot me paraît au mieux un manque de rigueur, le plus souvent suspect.

Les phrases sont réductibles aussi simplement que les fractions en maths.

L'apaisement suprême, bien sûr, c'est quand la fraction donne un nombre premier. 901/53 c'est comme « qualité d'une personne généreuse », c'est 17, « générosité » voilà, c'est franc, il n'y a rien à clarifier derrière la virgule, il n'y a même pas de virgule d'ailleurs, on résout, c'est l'ataraxie. Mais même quand la fraction est insoluble, quand elle nous contraint aux décimales, on peut faire un effort. Prenons par exemple : 224/1848. C'est beaucoup. On peut y mettre un peu du sien, dire plutôt 32/264, voire, soyons fous d'humanité, 4/33. 4/33, c'est exactement synonyme de 224/1848, autrement dit ça donne le même résultat infini après la virgule, mais c'est plus facile à écrire et à prononcer. On gagne en clarté et en diction, donc en intelligibilité. Pareil pour le vocabulaire, on peut toujours réduire pour être mieux compris, c'est juste une question de simplification.

Par exemple : L'incitation sociale à faire famille revient à demander à chacun de concevoir demain sans lui imposer de résoudre hier, donc à étouffer ses vides intimmenses, et par là même à en transmettre les impensés névrotiques.

Je fais un lot de 4 ou 5 mots dans la phrase initiale, je cherche un terme qui les englobe, je crée un nouveau lot, je pose un deuxième mot synthétique, je les croise ensemble, je barre ce qui n'est pas inclus, je resimplifie, je réenglobe, etc., j'obtiens : Encourager la reproduction sans prérequis condamne les enfants.

Si on est vraiment obsessionnelle de la réduction et qu'on aime l'humour noir, on peut même s'autoriser un petit oxymort : Enfanter tue.

Météore

C'est toujours la Musse et sa précision que je sollicite quand j'ai du mal à affiner un terme, mais immanité, là... non, elle sèche. Elle pense que je suis un peu en surchauffe et que je devrais faire gaffe à la picole, ou au moins trouver du taf pour solder les ardoises qui traînent partout. Elle fait diversion chaque fois que je lui parle de la théorie des ensembles, je lui réexplique les enjeux de l'inclusion. On tourne autour du plot au comptoir, une amie à elle va arriver, elle est super tu verras, génial je m'en fous, ça te dit un shooter ?

Météore surgit comme un destin au milieu des chaises en plastique mou de la terrasse bondée. Menton haut, tee-shirt blanc, jean moulant, ignore superbement l'assistance, trace droit derrière le bar, récupère le whisky sour qui l'attend déjà et salue la taulière dans le nuage insolent de sa première latte. Quand elle se retourne enfin, son regard est une déflagration. Il y a les mêmes voiles dans ses yeux. Sa mâchoire tombe sur ses cuisses, la mienne raye déjà le plancher. Des hordes de fourmis envahissent mes jambes, mes poumons s'enrayent, quelque chose compresse mon ventricule gauche, ma jugulaire tambourine, mes reins hurlent comme des brasiers soudain inévitables dans l'obscurité de mon labyrinthe. Je suis tétanisée par cette créature semblant dire quelque chose de moi sans même s'être introduite. J'entends le vortex de ses pensées tourbillonner au-dessus de ce long corps nerveux qu'elle a l'air d'habiter par hasard. Ma tumeur s'affole, ventousée à la vitre sans teint de mes yeux pour mieux détailler cette présence sidérante, scruter cette humaine hors-tout qui la convoque si radicalement, qui est-elle, quel est son pouvoir et que veut-elle à nous rendre immédiatement là.

La Musse parle comme si de rien n'était, elle ne voit pas la fissure dans mon mur porteur, mon édifice vacille, Météore remue les lèvres en me fixant mais je n'entends rien d'autre qu'un chant hypnotique, l'incantation prodigieuse de sa voix. Je ne comprends pas ses mots mais je sais que c'est le signal et qu'il faut courir, tout de suite, qu'il n'y a aucune autre alternative que de suivre son appel irrésistible parce que c'est elle, mon issue de secours.

Non bis in idem

Météore embrasse mon cou, libère mon buste, découvre ma peau, se glisse entre mes cuisses, et lentement se met à lécher, lécher, lécher, et sa langue est soudain l'élixir la plus belle et la plus tendre qui m'ait jamais effleurée, elle lèche, lèche, lèche en harponnant mes hanches, je caresse ses cheveux, l'océan commence à s'agiter dans mes aines, je sens monter le vent sur la plage brûlante, je tressaille aux premiers murmures de la houle, tandis qu'elle lèche, lèche, lèche, la route à flanc de falaise est vertigineuse dans la lumière rasante, l'horizon diaphane, je sens les rouleaux s'épaissir, le clapotis s'empresser, la profondeur du précipice m'ensorcelle, mes reins s'engourdissent, elle lèche, lèche, lèche, la vague gonfle dans mon ventre, prépare son abordage en se reculant là-bas, très loin, de l'autre côté du monde, entre mes seins, je serre ses mains, elle lèche, lèche, lèche, je défie la pesanteur, mes cuisses se rendent doucement, mes nerfs capitulent, elle lèche, lèche, lèche, et je ne sens plus rien que cette chaleur volcanique sous ma peau, j'arrête même de penser, oui, pour la première fois, je suis un corps, qu'elle lèche, lèche, lèche, ce n'est plus du vent mais une tornade sur notre plage bouillonnante, les forces se déchaînent, l'écume est incontrôlable, les rouleaux s'éclatent contre mes organes, elle lèche, lèche, lèche, et il n'y a plus une mais un milliard de pirogues souveraines entre mes côtes, toutes voiles ouvertes, les vagues étirent leurs cambrures, les crêtes et les creux s'apprivoisent jusqu'à se confondre, puis, soudain, l'univers et les étoiles s'alignent, l'aube sismique s'empare de mes chairs et l'ouragan secoue mes membres si fort qu'une vaguelette remonte héroïque jusqu'au coin de mon œil pour se muer sur la ligne d'arrivée en une larme d'une douceur infinie, et pour la première fois ça y est, je parviens à crier, je suis en vie, je suis née.

Épilespie

Les paladins m'aident à exfiltrer de l'île Faucon les affaires fourrées n'importe comment dans des sacs étanches. Iphigénéïa a tellement mal qu'elle peut à peine articuler. Je suis un monstre. Il me suffit d'une seconde pour saccager ce qui m'était soi-disant si précieux. De notre phoillé, il ne reste rien. Je calcine tout, avec une cruauté dont elle ne m'aurait jamais crue capable sous mon grand sourire de faux-cul. Elle ne veut plus me voir, elle ne veut plus me parler, elle ne veut pas savoir où je suis ni ce que je fais, elle veut seulement que je la ferme une bonne fois pour toutes, je lui rajoute un an de thérapie à chaque fois que j'ouvre la bouche.

Elle attache les magnifiques cheveux longs qu'elle cajole depuis vingt ans, attrape les ciseaux en bronze dans la vitrine et elle coupe net, au ras de l'élastique. Je prends la queue de cheval. Les paladins pleurent timidement, on met les voiles fissa direction l'îlot Attila, un endroit où on peut payer pour stocker ses effets personnels sans qu'on nous demande pourquoi on n'a nulle part où les ranger. Je balance tout mon chargement dans une cabane de pécheurs qui n'a pas de poignée et c'est en créant le code du cadenas que brutalement je réalise.

je l'entends

Ou plutôt j'entends les acouphènes se taire, comme une alarme psychopathe qui renonce d'un coup. Je n'ose même pas respirer de peur qu'il s'enfuie mais il reste, une seconde, puis trente, puis deux minutes, c'est donc vrai, il existe, c'est bien lui, je l'entends, le silence. J'ai réussi. La fulminante est enfermée là-dedans, à triple tour derrière le gros verrou.

Il n'y a plus de linge sale, plus de continence, plus de polentase, plus de cessité, plus de salubrité, plus de précision, plus de repaire, plus d'algeco, plus de vrai travail, plus d'île Faucon, plus de cafetière bouillante, plus de cage invisible, plus de panthère noire, plus d'étouffement jubilatoire, plus de tronche mi-cuite, plus de grosse boule dégueulasse sur une lèvre inférieure, plus d'ensemble vide, plus de bille agonisant dans son trou, plus de globe vésical étanche, plus de tigre à dents de sabre, plus de pansement pas franchement blanc, plus d'identité remarquable, même plus de minotaure dans mes clavicules. Plus rien que ce silence mirifique et la peau de Météore, mon défibrillateur, ma rémission.

Amniosie

Météore n'a pas seulement trouvé ma chambre sourde. Elle parle la langue inouïe.

L'amniosie est rare, délicate, insaisissable, lumineuse, épaisse, funambule, foisonnante, drôle, ambidextre, malicieuse, sensuelle, polychrome, hypermétrope, sauvage, sublime. Libre, enfin. Le chant secret de Météore est un mélange d'euphémisme, de stoïcisme et de pudeur : c'est atténuer l'expression de ce qu'on ne montre pas qu'on ressent dans le noir. Il y a ce qu'on se dit et ce qu'on ne se dit pas, et il ne faut surtout pas que ça déborde. C'est compliqué, parfois même inconfortable, mais pas plus que de s'enliser dans le mirage de ses certitudes. Elle craint la confusion entre les causes et les conséquences et les silences qui deviennent des malentendus. Elle n'en a pas très envie, mais elle a bien peur que la seule manière d'être vraiment humain soit de parler. Elle n'a toujours pas trouvé la méthode directe, rien de mieux que creuser, tâtonner, tenter d'éclairer les reliefs et de formuler au plus juste le peu qu'on perçoive de soi pour réussir à être avec l'autre. Bon, enfin, ça, c'est pour la théorie mais en pratique, jusqu'à maintenant, au moins un endroit de sa langue avait toujours froid car aucun spartiate ne comprend l'ensemble des dimensions de son amniosie. Et puis soudain, mon sourire, ma repartie, mon existence. C'est inconcevable, indescriptible, presque un nouveau langage, miraculeux en fait. Avec moi ça résonne, elle décloisonne, et elle a chaud partout, pour la première fois.

L'indéchiffrable rivière apatride dévale à nouveau le mont de mes joues. Il me manque le pivot central, la démonstration m'échappe, je ne connais pas cette loi, des chialements qui ne sont pas saumâtres. L'onde de l'amniosie m'anesthésie comme si rien n'avait jamais existé. Je me souviens qu'une intruse me labourait l'amygdale mais pas pourquoi ni comment ni combien. La monstre est paralysée, sédatée, je ne sais plus ce qui est vrai, je sens juste que je suis enfin arrivée chez moi mais que je n'ai que des larmes pour le dire.

Mors cérébral

Je est en train de perdre le contrôle de sa bouche.
Le sujet montre un état d'agitation préoccupant, tant sur le plan physiologique que sur le plan cognitif.
Qu'est-ce qui se passe bordel?

On a:
- En raison du manque de finesse et de vocabulaire de l'humanité, la tumeur maline qui persécute Je depuis l'an 3 n'est soluble dans aucun intervalle de langue connue: [linge sale], [continence], [polentase], [cessité], [précision], [salubrité].
- Il n'est donc pas possible pour Je de signifier son infirmité autrement qu'en gardant le silence.
- La gangrène est cloâtrée dans un parloir invisible.
⇒ Je souffre d'immanité.

Surgit l'oracle Météore.
- Météore parle [amniosie], le plus puissant intervalle]finesse; vocabulaire[que Je ait jamais rencontré.

- Je a la certitude indémontrable d'être incluse dans l'humanité si et seulement si Météore ne cesse jamais de parler.
- Je manifeste des signes d'affliction incoercibles au moindre mot de l'amniosie.
- Météore déclare également éprouver une sensation de résonance inédite lorsqu'elle parle avec Je.
Donc : Météore résonne donc avec la zone malade de Je.

Or :
- Météore aime une individue (Je) qu'elle croit saine.
- Si Météore s'aperçoit qu'un élément constitutif de Je n'appartient pas à l'humanité, elle s'enfuira en courant.

Ainsi :
- Le nom de la tumeur qui empêche Je d'être incluse dans l'humanité existe.
- Le mot appartient exclusivement à l'intervalle [amniosie], la langue parlée par Météore.
- Je ne détient pas la clé de son parloir invisible.
⇒ Météore est le seul être humain à pouvoir guérir le vice de Je mais elle ne doit jamais le savoir.

Or noir

Je ne dois pas m'étonner si dehors certains l'appellent Firmament, Comète ou Voie lactée. Météore laisse les spartiates entamer la conversation parce qu'elle ne se souvient jamais de ce qu'elle a donné comme prénom à qui. Ni comme vrai travail. Certains demanderont des nouvelles de l'orchestre, d'autres diront que ça y est, ils ont loué le camion réfrigéré pour mardi prochain, d'autres encore la féliciteront pour sa sculpture en liège sur le rond-point de la mairie. Ça la fait rire. Elle joue pour ne pas mourir d'ennui dans ce cosmos si étroit.

Ses mille et une vies m'ensorcellent. Elle est l'une des cinq descendantes du duc et de la duchesse d'Orion. Elle a grandi dans un château. Ses paladins sont convoyeurs de fonds, évadés de taule, toxicos, mères de la place de Mai, infiltrés au Kurdistan. Elle gerbe sur la propriété mais elle n'a pas le choix, elle l'engraisse, comme tout le monde. Elle m'a donné sa clé mais pas le digicode. Je dois sonner à 3-TY* pour arriver jusqu'à sa porte et l'ouvrir moi-même. Je peux faire tout ce que je veux chez elle, sauf dans l'ordinateur et le Bureau du fond. Il n'y a aucune photo, aucun souvenir, seulement des livres partout pour nourrir l'amniosie. Elle doit en connaître des dizaines par cœur pour que chacune de ses phrases soit d'une telle splendeur syntaxique.

Elle aime vivre auprès du feu mais sa cheminée goudronne, alors elle allume chaque soir une grande bougie dans son âtre. Elle a cette manière de caresser la cire qu'elle laisse sécher à même le marbre, de la conscrire, de la reformer. Météore travaille 29 heures sur 24 depuis la tour de contrôle de son lit. Son long corps soudain suave fusionne avec le matelas, son cou souverain se transforme en aiguilleur du ciel. Plus rien ne bouge alors que cette nuque impériale et ses immenses bras gracieux, plus rien n'échappe à l'autorité de ses doigts. Elle est capable dans la même volupté de me posséder d'une main et de l'autre sabrer le champagne et servir les coupes. Ses muscles ont l'ardeur pugnace d'une championne olympique de MMA. Elle dit C'est parce que je ris beaucoup. Elle rit beaucoup, c'est vrai, elle carillonne comme une symphonie d'orphéons en secouant vivement les épaules vers l'avant.

On n'attend qu'une seule chose du soleil qui se lève : qu'aujourd'hui ne ressemble ni à hier ni à demain. On danse. On a faim. On s'agite. On s'invente. On s'épuise. On rit. On joue à donner des rendez-vous qu'on n'honore pas. On raconte des histoires. On bouffe n'importe quoi n'importe quand. On chante nues toute la journée. On fume toute la nuit. Elle me demande souvent à quelle heure c'est, pour moi, entre chien et loup. On change les meubles et les tableaux de place chaque matin. Je découvre des gestes inimaginables. Je me surprends à laisser tomber des verres. Elle m'attache les poignets dans le dos. Je cogne dans ses meubles. Elle me transperce sur le canapé. Je claque ses portes. Elle me retient par la nuque. Je broie ses poings.

Météore n'a peur de rien mais deux choses la tracassent. La première, c'est son allergie à la menthe. Elle le répète régulièrement, avec une insistance grave, Je suis allergique à la menthe, et ces six mots contiennent beaucoup plus qu'une anaphylaxie. C'est un avertissement, une mise en garde à résonances multiples, elle est allergique à la menthe, et pour elle ça veut dire beaucoup. La seconde chose qui l'obnubile, c'est l'ampleur cyclopéenne de l'aménorrhée en milieu carcéral. Elle se demande souvent s'il y a un rapport entre les ravages de la menthe et l'inhibition massive de la menstruation chez les femmes prisonnières. Elle continue d'y réfléchir pour affiner les enjeux et préciser ce qui la chiffonne à ce point. En tout cas, ça ne lui semble pas anodin. Pour ne pas dire troublant. Elle a une manière outrageusement érotique de prononcer le mot corollaire.

𝄞

Ce soir c'est LMD, les méchants débats que Météore organise chez elle avec ses paladins. Elle peut batailler des heures sur l'imminence d'une révolution panaméenne, les pneumatiques du Tour de France, la pertinence des muselières en lieux clos ou la résistance inattendue des pins sylvestres en cas d'avalanche. Elle est belle joueuse mais dans le fond elle les défonce tous, personne n'arrive à la cheville de sa rhétorique éclatante.

Je me raidis chaque fois qu'elle referme la porte derrière eux, surtout quand elle dit C'est un peu chez nous maintenant. Elle n'est pas en colère. Elle n'a rien relevé d'indécent dans ma manière de m'asseoir, ni de me lever, de boire, de fumer, de manger, de tousser, de me toucher les cheveux, de croiser les jambes, de me taire, de rire. Elle n'a pas trouvé que c'était dingue comme je passais mon temps à pisser, ni que j'avais foutu des miettes partout, ni que j'aurais quand même pu acheter plus de houmous, ni moins. Elle est encore là après ma douche, elle est encore là quand je me glisse sous sa couette, elle est encore là quand frappe l'épuisement, elle m'enlace aux réveils qui brûlent.

De ce côté-ci de la porte fermée derrière eux, il y a l'épaisse chaleur de ses étreintes, il y a cette musique, si dense, si triste, la lueur axiomatique de ses bougies, la persistance insensée de ce sourire que rien ne semble pouvoir ébranler. Cette obséquiosité invraisemblable chaque fois qu'elle frappe à l'orée de mes yeux, comme si elle attendait l'autorisation d'entrer, comme si j'étais maîtresse de mon refuge. Je ne comprends pas ce qu'elle a l'air de voir. On dirait qu'elle pénètre en terra nullius, on dirait qu'elle voyage dans le pays caché de toute la magie du monde. Ses paupières rougissent, ses litanies m'étourdissent comme un murmure ondulant sur le vent chaud. Elle me dit que je suis belle et qu'elle n'attendait que moi. Elle avait cent ans, elle ne se reconnaît plus, elle n'aime plus les gens depuis qu'elle m'a vue. C'est comme une machine à fond de train. À faire trembler les murs de Jéricho. Ses pupilles se gorgent d'or quand elle dit Ta bouche, ton intensité, ta lumière, ton souffle, mon horizon, tu révèles tout, tu prends toute la place, évidence, amuïssement, je ne te désire jamais autant qu'ici, au très fond de notre intimmensité, pourquoi tu te marres, est-ce qu'on pourrait aller un peu plus loin que la vanne de troisième mi-temps pour une fois, non je ne lis pas trop d'histoires de chevaliers amourachés, pourquoi tu me provoques, pourquoi tu dis toujours pardon, qu'est-ce que tu cherches, où es-tu, parle-moi, pourquoi tu pleures, pourquoipourquoipourquoipourquoipourquoipourquoi-pourquoi.

La mort est dans le près

C’est inassumable. Toute sa langue m’écharpe. Je n’ai même plus froid. Un sourire et la sinistre dengue qui me ravine depuis l’an 3 se gorge secrètement des pires mots de télé dégoulinants.

Météore, ton prénom astral, ta grâce, ton incandescence, ta sensualité, ton panache, ton scooter sans rétro, ta douceur nerveuse, embrasse-moi, nuits courtes, obsessions, ton regard irradieux, reviens, T’as faim ?, constellation dans ton cou, oursons en guimauve, sobriété, cul, tes lèvres, flemmes noires, empire de tes hanches, fourre-moi la paix, fièvre, impatiences, reste, t’entendre gémir, si tu préfères, secousses, cri, tes lèvres encore, les secrètes, faire la grasse mat, les   que tu ne murmures qu’à moi, quand la porte se ferme derrière eux, ce séisme entre mes poumons quand tu dis Je t’aime comme je n’aurais jamais cru que c’était possible, être chez moi dans ta peau, la suture, tancarville, tamis, housse de couette, four encastrable, si ça te va, égouttoir, bain d’huile, infusion, enfin comme tu veux mon amour, freezer, tapis de bain, dimanche, demain, nous.

Mais quelle horreur. Comment peut-elle remplir à elle

seule la crypte sous mon cou, qu'a-t-elle compris que je ne vois pas, que sait-elle encore, c'est irrespirable, je préférais quand je ne savais pas que c'était possible de se sentir comme ça, nombre premier, une et entière, indivisible, je voudrais n'avoir jamais entendu toutes ses mièvreries, je tenais tout avant elle, à quoi me drogue-t-elle, elle me supplicie, sa lyre prend toute ma bouche, je ne peux plus sortir de ses bras, je ne peux même plus déglutir, je voudrais lui dire, oui, mais quoi, Météore, qui est cette absolue qui m'assigne dans ta voix et pourquoi ça te fait sourire putain de merde, ça ne peut pas être ça, le désastre avec un grand A que les spartiates cherchent partout, qu'est-ce qui va nous arriver si mon trou devient toi, ne me fais pas ce coup-là je t'en supplie.

Supernova

Météore dit que je suis toute sa vie mais elle en a oublié la moitié. Les images du passé ont fondu, fusionné. Elle distingue des instants, elle se rappelle certaines voix, la fac où elle étudiait, l'adresse de son premier boulot, elle reconnaît son visage sur les photos, mais dès qu'elle essaie de se souvenir vraiment, d'attraper quelque chose de vivant, tout s'éteint. Avant il n'y a rien, rien que la mort impossible de l'étoile qu'elle aimait.

Elle chuchote quand elle commence à raconter, la seule qui ait brillé vraiment. C'était il y a plus de vingt ans, elles s'aimantaient passionnément, elles irradiaient ensemble dans le ciel noir, elles voulaient conquérir le monde, à commencer par ce soir, cette fête, comble, bruyante, joyeuse, camée, tout le monde dansait, son étoile est allée pisser, Météore a attendu longtemps, jusqu'à trouver ça trop, elle a cherché aux chiottes, dans la cuisine, dans la chambre du fond, elle est revenue dans le salon, elle a scruté les angles. Les voilages des rideaux tanguaient doucement. La seule qui ait brillé vraiment était en morceaux, douze mètres plus bas. Éteinte. Il n'y a pas eu de cri parce qu'elle n'est pas tombée, des spartiates l'ont vue enjamber, l'étoile ne s'est pas retournée, seulement soudain le silence éternel et démerde-toi.

Météore n'a jamais trouvé les mots pour raconter l'instant d'après, l'infini du précipice, le hurlement des cendres, le cri de l'éclipse, l'onde de rien. De cette nuit qui a aboli toutes les précédentes, elle se souvient seulement d'avoir couru. Elle a embarqué le premier venu prêt à tout pour elle, ils ont fui la ville muette, ils sont arrivés ici, ils ont posé leurs affaires quelque part. Celui qui était prêt à tout pour elle a rapidement insisté, la robe blanche, le diamant de mamie, le chignon banane, la vicomune, la crémaillère, un vrai travail, et si t'arrêtais la pilule. Pour lui c'était l'évidence suivante du plan d'existence épanouie mais pour Météore qui ne croyait plus en rien et surtout pas à ça, ce ne fut ni plus ni moins qu'un choc anaphylactique, un avènement : Melchior.

Infemme

Melchior a très vite grandi, bon bah physiquement bien sûr, mais grandi au sens qu'il s'est déployé surtout. Météore l'a regardé avec stupéfaction devenir petit à petit quelqu'un, lui, avec des goûts, des envies, des idées, des contrariétés, des secrets, des chasses au trésor, des rêves extraordinaires, une PlayStation à récupérer sur Saturne, un Abalone en verre de Murano, une paire de Jordans par semaine à vie, un terrain de basket, son poids en raviolis, un empire de jeux d'arcade, une place au soleil, du tapis volant sur sirocco, la Route du rhum, conduire le transsibérien, découvrir le Mokélé-Mbembé, danser avec les stars, hurler avec les loups. Grâce à la vérité de ce fils, à sa force, à sa lumière, à tout ce qui fait que l'audace délivre, Météore a fini par réussir à s'endormir avant de voir les rideaux voleter et l'étoile gésir. Mais au matin, il y avait encore celui qui était prêt à tout pour elle, ses sourires béats et sa liste de grands projets pour Melchior, la cousinade, les vacances au ski, et pourquoi pas un chat, le solfège ou la lutte gréco-romaine, cinq fruits et légumes par jour, le latin, les réunions parents-profs, les coudes sous la table, pas loucher quand il y a du vent, faire un double nœud à ses chaussures, aller se coucher.

Météore devait s'efforcer d'être un peu mieux adulte, limiter les apéros, s'impliquer à la FCPE, mettre de côté pour acheter, dire oui au poulet dominical et merci au canapé à mémoire de forme, et comme elle n'a rien voulu faire de tout ça, le père s'est mis à parler des véritables besoins d'un fils. Ce n'était pas assez que Melchior soit quelqu'un, il fallait qu'il soit stable. Météore manquait d'autorité, jouait toute la journée, riait aux mots dans le carnet, encourageait les caprices et les illusions d'un gamin de 8 ans, ce n'était pas–l'aider, ce n'était pas–l'élever, désinvolture, insouciance, irresponsabilité, sabotage, alors qu'elle voulait juste aimer ce fils. Ce n'était plus possible, ce n'était pas digne, un matin elle s'est levée, elle est allée dans la chambre de Melchior, elle l'a embrassé longuement et elle a dit Comment pourrai-je te regarder dans les yeux si je t'apprends le renoncement, Grand Roi, ce n'est pas la vie que nous aurons, je m'en vais.

Un maman, une papa

Météore aurait bien aimé que moi au moins je ne lui pose pas cette question, comment Melchior a vécu la séparation, d'autant qu'elle n'a pas été jugée légitime d'en penser quoi que ce soit. Le chaos était écrit à la seconde où elle a franchi la porte du couvent conjugal. D'abord, il y a eu les larmes lancinantes de celui qui était soi-disant prêt à tout pour elle sur son répondeur. Elle n'a pu l'écouter qu'au début, pleurer pendant des heures, il disait Pourquoi tu fais ça, Tout le monde pense que tu n'es pas dans ton état normal, Tu as besoin de repos, Je suis là pour toi, On est une famille, Tu es sa mère, Comment oses-tu, Tu dois revenir, Je t'en supplie, fais-le pour lui si tu l'aimes, Tu détruis mon fils.

Les couples d'amis n'ont même pas essayé d'appeler. Ils chuchotaient entre eux pour ne pas lui en rajouter à lui, pauvre gosse, 8 ans, sacrifié par cette … inqualifiable, malheureux comme les pierres, privé de boussole. C'était déjà trop tard, Melchiorphelin était passé de l'autre côté, sur le rivage des frissons éternels, la pépinière des errants, promis à un avenir précaire, honteux sans doute, seul certainement, proie idéale, angoisses diurnes, terreurs nocturnes, perversion, addictions, dépression, et alors qu'est-ce que ce serait s'il devenait père, au-se-cours, vaudrait mieux encore qu'il soit homo. On s'est mis à guetter chez lui des preuves de détresse. Ses épaules n'étaient plus délicates, elles étaient devenues frêles, ses gestes n'étaient plus maladroits mais équivoques, ses décisions des fuites en avant, son flegme un bouclier, sa mère une préado aliénée. Melchior a été instantanément condamné au désespoir pour protéger les illusions de ces braves gens incapables d'admettre que tout pue dans leurs familles en carton et que ça arrange bien de se planquer encore derrière le bonheur des gosses.

Bien sûr que Melchior lui manque la semaine où il est avec son père, mais la captivité comme horizon elle ne peut pas, c'est tout, y en a d'autres c'est l'avion, y a rien à comprendre. Qu'est-ce qu'ils aimeraient entendre au juste, tous ces misérables prédicants, et leur malaise, et leurs sourires forcés, et leurs messes basses, et leurs petites sanctions péremptoires ? Qu'elle regrette ? Il aurait fallu qu'elle se noie sous la douche pourvu qu'elle continue de sourire au marché ? C'est ça être mère ?

Elle n'arrive pas à croire qu'on en soit encore là. Elle se sent encerclée de vieux nourrissons qui passent les deux tiers de leur existence minable à se rouler dans leur merde en thérapie, jusqu'à arriver immanquablement à la même fulgurance, ils sont inconsolables à cause de leur maman qui ne les aimait pas comme ils l'auraient mérité et maintenant ça y est, trop tard, ils ont raté leur vie. Est-ce qu'on ne pourrait pas être un peu plus créatifs ? Toutes ces névroses imaginaires construites par la morale, c'est uniquement pour garantir la docilité du peuple. Le concept de maternité c'est de la PLV, un atelier de production, le suppo du capitalisme, et la révolution ça commence peut-être par abolir ce mythe à la con, oh mais qu'est-ce qu'il y a, qu'est-ce que j'ai dit, pourquoi tu pleures encore ?

Je demande s'il y a une caméra cachée, si elle se fout de ma gueule, comment c'est possible que tout soit parfois si basique dans sa tête magnifiquement complexe, comment ça marche concrètement son délire, comment elle ose faire comme si c'était anodin et comment on va réussir à s'aimer à trois ?

Pour convaincre un tambour

Je pose un vrai problème d'altérité à Météore. Elle a parfois l'impression d'être réduite à me regarder me débattre en se prenant des balles perdues au passage. Chaque fois qu'elle me tend la main, je lui claque la porte sur les doigts. Elle a un peu mal aux phalanges, pour filer la métaphore. Elle ne comprend pas pour quoi ni pour qui elle trinque. Je suis enfermée dans un dédale insulaire auquel je ne laisse aucun accès. Elle veut bien jouer les Ariane mais déjà faudrait-il que je daigne saisir son fil.

Je fragmente le dialogue en permanence, un coup je ne peux plus respirer sans elle et dix minutes plus tard je bascule dans le mutisme ou l'agression, comme si je regrettais, comme si je craignais d'être engloutie par ce que je venais de dire. Mes montagnes russes la laissent totalement impuissante, voire chancelante. Elle ne comprend pas comment un même corps peut être si tendre et si violent à la fois. Elle ne cherche pas à me domestiquer si c'est ça que je redoute. C'est même exactement le contraire, elle veut juste que je prenne ma place dans sa vie. Pour ça oui, elle est prête à se battre. Elle ne sait pas comment me sécuriser, elle ne comprend pas pourquoi je ne lui fais pas confiance, pourquoi je refuse de lui raconter ce qui a l'air si abyssal dans mes larmes. Je livre des bribes qu'elle n'arrive pas à lier les unes aux autres et dès qu'elle pose des questions je me rétracte en lui reprochant de me harceler, avec ce ton comminatoire de maîtresse d'école insupportable. Qu'il y ait des choses que je ne veuille pas partager avec elle, c'est mon droit le plus entier, vive la liberté. Mais ça devient un problème quand ça me déborde et que je lui envoie des boulets de canon dans la gueule en guise de protection. Si j'ai peur de quelque chose, je peux le dire, si j'en doute une seule seconde, elle le répétera aussi longtemps qu'il le faudra, je t'aime, et il y a de la place pour tout le monde.

Je n'ai pas besoin de la tester à coups de provocations, de faux-fuyants et de vannes crues rabaissantes pour elle, mais surtout pour moi. Elle a du mal à croire que je pense tout ça, en plus, à vrai dire. Le char d'assaut qu'elle a parfois en face d'elle a plutôt l'air de défendre une barricade d'un danger que je ne lui fais même pas la faveur de nommer. Ou alors, c'est elle, le danger, mais si c'est ça nous devons absolument traiter ce problème. Elle ne m'attaque pas. Elle n'a aucune intention de le faire. Elle ne me veut pas de mal. Elle veut mes bras et mes caresses, ma main dans la sienne, rire et me faire l'amour à l'infini mais elle ne va pas y arriver toute seule, les sentiments ne sont pas un absolu auquel suffit la théorie, il faut entrouvrir la forteresse.

Elle me fait marrer avec ses épiphanies de développement personnel. J'aimerais bien voir sa tronche si je lui disais Mon amour, je comprends que tout ne soit pas limpide-limpide pour toi, c'est un peu gênant mais je vais t'expliquer dans les grandes lignes pour éviter les malentendus. En gros, une espèce de furie inconnue au bataillon me pourrit l'existence mais personne ne la voit et moi je ne peux rien dire puisque je ne sais pas comment elle s'appelle. Je cherche son nom depuis que je suis née, j'avais perdu tout espoir et puis, soudain, tu surgis, et ta langue, et te révèles être la seule personne au monde capable d'interpeller cette forcenée qui me siphonne de l'intérieur. Sauf que ça la rend encore plus folle de rage, c'est elle qui pleure et te hurle dessus, et toi là, tu insistes, tu insistes, tu insistes avec tes portraits chinois à la con, tu la chauffes à blanc et c'est pour ma gueule, elle me défonce encore pire. Mais moi putain, tu crois quoi, JE NE SAIS PAS comment guérir de cette merde, je veux qu'elle meure mais il n'y a que toi qui puisses la tuer, donc c'est simple, si tu veux que tout le monde aille mieux, il faut juste que je sache, il faut que tu le prononces, pitié, crache son putain de nom.

Météore est tellement tendre quand je ne parle pas. Elle aimerait connaître mon plat préféré, elle aimerait que j'accepte de laver mon linge chez elle, elle aimerait inviter mes paladins, elle n'a pas besoin de savoir à quelle heure j'arrive puisque je suis chez moi, elle aimerait juste m'entendre davantage, pouvoir consoler mes blancs, elle m'attend sous la couette, elle ne peut plus s'endormir sans mes bras, elle aimerait que je rencontre enfin Melchior.

Oui elle lui a déjà parlé de moi, mais non pourquoi il serait mal à l'aise, non il ne va pas penser que je lui vole sa mère, il sera heureux pour nous, oui c'est bien si je peux être là dès l'apéro, non il n'est pas préférable que je parte juste après, non ça ne le met pas en porte-à-faux vis-à-vis de son père, oui bien sûr qu'il va dormir ici, non je n'ai pas besoin de cacher ma brosse à dents, non elle ne sait pas à quelle heure il a cours après-demain, non ce n'est pas grave si je suis encore au lit quand il se lèvera, non il n'est pas spécifiquement attaché à une serviette de bain, oui je peux lui poser des questions sur ses amis, oui il est timide quand il ne connaît pas mais c'est jamais long, oui je peux frapper à la porte de sa chambre, non je ne dois pas faire semblant que c'est la première fois que je viens chez eux, non il ne va pas se sentir trahi pourquoi ?, non je n'ai pas besoin d'enlever mon manteau de la patère pour qu'il puisse choisir où il veut mettre le sien, non il n'a pas d'assiette préférée, non pas de fourchette non plus, non ce n'est pas grave si on ne mange pas la même chose que lui, oui il préférera sans doute dîner dans le salon, oui je peux raconter toutes les histoires que je veux, oui j'ai le droit de dire des gros mots, oui je peux lui parler de maths il adore ça, euh…, elle le sauverait probablement lui par réflexe s'il y avait le feu et qu'elle devait choisir entre nous mais quelle horreur cette question, oui il connaît l'Italie, non il n'a pas peur du vent, non il ne veut pas de chien, oui je peux garder mes chaussures, oui il aime bien regarder des vidéos, oui il adore la frangipane, oui il a une heure de coucher sinon il est patraque le lendemain, oui il lit des mangas, oui je pourrai revenir la prochaine fois qu'il vient, oui je pourrai aussi changer d'avis, non ils n'ont pas de jours prédéfinis par semaine rien que pour eux deux, mais enfin qu'est-ce qui t'inquiète exactement, comment ça, t'as pas signé pour un chiard, putain j'aimerais juste te présenter mon fils.

Météorème

C'est un carnage. Alors que Je a enfin trouvé le berceau de son humanité dans les bras de Météore, une force démoniaque la pousse à tout déglinguer. Météore ne va pas tarder à péter les plombs alors qu'elle détient la clé du parloir de Je. Comment sortir du bourbier ?

Reprenons :
- Je désire plus que tout être incluse dans l'humanité mais la tumeur muette qui l'en empêche se défend violemment d'être dévoilée.
- Météore souffre que Je se barricade et essaie de comprendre d'où viennent les coups.
- Je et Météore cherchent donc la même inconnue.

En maths, il n'y a pas de heurts, pas de gâchis, pas de portes qui claquent, pas de boulets de canon dans la gueule, pas de méfiance, pas d'inquiétude, pas de reflux, pas de provocations. À quelqu'un qui ne parvient pas à dérouler sa démonstration, on ne dit pas : Qu'est-ce que tu t'obstines à saccager ?, ni Tu te trompes de colère, ni Laisse-moi t'aimer paisiblement. On dit : Tu as mal posé l'équation.

On rappelle qu'un problème est correctement posé si et seulement si il réunit les trois propriétés suivantes : une solution existe, la solution est unique, et elle dépend de façon continue des données.
Soit **X** la tumeur muette de Je.
- Nous avons démontré que le nom de **X** existe, et existe exclusivement dans [amniosie], la langue de Météore.
- **X** est l'unique inconnue entre Je et Météore : les données du problème sont bien continues.
- (Je + Météore) – **X** = Éternité
- Le problème entre Je et Météore est correctement posé.

Or :
- Je sait décrire l'inconnue mais ignore son nom.
- Météore connaît le nom de l'inconnue mais ignore son existence.

Ainsi, l'unique manière de résoudre le bourbier du Météorème est que Je révèle son innommable insanité.

Praison break

Météore m'empale brutalement sur le plan de travail au moment où ça frappe à la porte. Elle sourit, m'attrape le cul et susurre que ce sera notre week-end de trêve.

Melchior a un début de duvet sur le menton, une noix de pento dans ses cheveux épais et le même sourire timide que Météore devant l'essentiel. Elle le serre dans ses longs bras et je me demande si c'est à cause de ma présence que leur étreinte maladroite est le geste le plus bouleversant que j'aie jamais vu. Elle rosit d'émotion, sa voix s'enroue tendrement alors qu'elle fait les présentations. Elle attendait ça depuis longtemps. À trois, elle est éblouissante. Réunie. Éternelle. Je n'y arriverai jamais. Je baisse les yeux pour disparaître.

Le fils est venu avec un cadeau bien géométrique type boîte à chocolats, qu'il tend gentiment à Météore. Il rit en disant qu'il est aussi nul qu'elle pour les paquets. Elle remercie beaucoup, c'est pas son anniversaire pourtant, elle a l'air touchée, secoue doucement la boîte emmaillotée. À l'intérieur, on entend un cliquetis léger mais franc, comme si un petit bouchon en liège se baladait dans un grand tupperware. Je fais craquer mes doigts pendant que tout le monde sourit. Météore jubile, elle retire le bolduc à la hâte mais fait très attention en ouvrant le coffret. Le petit cliquetis n'était pas l'œuvre d'un bouchon de vin mais d'un Krema à la cerise. Melchior dit Ça c'est pas le vrai cadeau, c'était pour te faire rire, je savais que t'allais secouer le paquet avant de l'ouvrir. Effectivement, une belle enveloppe dorée, épaisse et granuleuse, brille dans le fond du carton, soigneusement fixée par quatre encoches très propres qu'il a dû creuser au cutter pour qu'elles n'abîment pas les paillettes. Météore attrape l'enveloppe et en sort deux tickets bleu ciel avec des pointillés. Elle s'illumine au premier coup d'œil, pousse un Oh putain génial !!! d'excitation brute, se retourne vers moi pleine d'une joie si élémentaire qu'elle m'achève, et s'exclame Le championnat de France !!!!! T'es dingue !!! Merci mon grand !!! C'est quand ??? en sautant dans les bras de Melchior.

Je découvre leur passion commune pour les claquettes. Même si elle n'a encore jamais osé essayer, Météore est fascinée par cette danse inventée par les esclaves pour pouvoir communiquer au nez et à la barbe de leurs bourreaux. Melchior est content de sa surprise, ils se regardent avec un immense sourire sincère. Je n'ai jamais vu de si près une mère et un fils. Cette histoire de Krema me torture, je ne sais pas comment s'appelle cette lumière silencieuse entre eux mais je sais que je n'ai rien à voir là-dedans.

Melchior pose son sac au pied du bureau et s'installe sur le canapé sans savoir ce que Météore m'y fait avec la planche à découper. Il dit qu'avec son super cadeau, il a bien le droit de bouffer le Krema. Il est chro conchent d'êchtre en wouken avec la moitié de la gueule engluée par la gélatine. En plus, trop bien, la finale tombe un jeudi à 15 h 30, pour une fois il aura une vraie raison de sécher la physique. Il en a tellement marre des semaines qui se ressemblent toutes, marre d'entendre des trucs chiants à mourir toute la journée, marre de devoir apprendre des règles. Il ne comprend pas pourquoi tous les adultes deviennent comme ça, pareils. Même toi Maman, heureusement tu t'es réveillée mais tu t'es quand même mariée franchement, haha, la honte. Il n'en peut plus d'avoir encore 13 ans, c'est interminable, il ne peut pas gagner d'argent, il ne peut rien décider, il est juste obligé d'attendre et d'obéir à des débiles. Dès qu'il pourra s'enfuir, il changera tout, il vivra dehors, il mettra des marmites de bonbons à chaque coin de rue, il construira des sommiers en KitKat, il y aura un hamac par arbre, pas d'heure de coucher, pas de silence le dimanche, même pas de dimanches d'ailleurs, une patinoire dans le ciné, pas de chou romanesco, ni de cousins, ni de ski, il ne fera que jouer et rire, personne ne l'emmènera au collège parce qu'il arrêtera les cours de toute façon, pas de devoirs, pas de profs, pas de parents, personne qui sait mieux que lui ce qu'il a le droit de dire et comment.

Tumeur ou tutu

Je me demande si le mec qui a inventé les maths était pas quand même un peu bas de plafond, ou du moins s'il a déjà essayé de résoudre un problème d'occlusion avec sa logique à la con. Il a dû passer sa vie enfermé à se palucher en gribouillant des symboles pour ne pas avoir pensé à modéliser le biais d'humanité.

Météore croit vouloir tout entendre mais elle ne sait rien du péril qu'elle encourt. Il est rigoureusement impensable de lui expliquer qu'elle m'aime précisément parce que je passe mon temps à étouffer cette inconnue qui nous condamne dans mon histoire, cette espèce de quiproquo congénital autour du feu. Ceux qui ont été des enfants croient pouvoir compatir à ce genre de récits parce qu'ils n'ont pas la moindre idée de la postérité du bousillage, ni d'à quel point ça les menace aussi. Mon biais d'humanité, l'impossibilité de ma tumeur muette, tient dans cette inassumable contagion. Il n'y aura jamais de manière bénigne de transmettre à ceux qui ont été des enfants ce que lègue au corps la trahison des premières braises. Météore n'éprouvera jamais comment ça statufie dans la moelle, naître sous un empire où les humains disent je t'aime en même temps qu'ils envoient votre peau au bûcher. Elle ne sentira jamais dans sa chair ce que putréfie la conscience exacte, clinique, démontrable, qu'on ne vous épargnera pas l'incendie. Elle ne connaîtra jamais depuis l'intérieur la banquise, le déluge, les tornades, les trous d'air, les tremblements de terre, les glissements de terrain, la sécheresse, les éruptions, les raz-de-marée, les hordes d'animaux sauvages, les tremblements, l'urgence des nerfs, la terreur, obsédante, des flammes. Elle ne comprendra jamais la fureur définitive d'un corps qui n'a pas connu le luxe de dormir, ni tout ce qu'il est prêt à perdre plutôt que de gober la légende d'un phoillé qui réchauffe.

Le lundi au soleil

Non je ne viens pas ce soir, non je ne sais pas ce que je fais cet été, je ne veux pas parler de ton travail en mousse, je ne veux pas faire des courses pour demain, je me fous de savoir ce qu'on bouffe, je ne veux pas qu'on reste en tête à tête comme des momies, je ne veux pas parler de construction, je veux m'enfuir au bout du monde, je veux me faire greffer tes doigts, je veux écumer tous les hôtels dans ta voix lactée, baiser dans tous les trains, tous les avions, tous les bars, dehors, partout, tout le temps, je ne veux pas que tu m'enfermes chez toi, je ne veux pas de café après dîner, je ne veux pas rencontrer ta mère, je ne veux pas rester puisque j'ai prévu de partir, je n'ai pas à te dire où je suis, et alors qu'est-ce que tu vas faire si j'ai vraiment quelque chose à cacher, tu vas me suivre comme un gros beauf et me dire comment m'habiller aussi, je ne sais pas où je serai le week-end prochain, je ne veux pas te voir demain, je veux te voir tout de suite, je veux que tu arrêtes tout, je veux que tu ne penses qu'à moi, je ne veux pas subir tes horaires de mère de famille, je veux te provoquer, je veux te mettre mal à l'aise, je veux être ta vie mais je veux que tu arrêtes d'être aussi niaise, je veux que tu sois romantique mais je ne veux pas de tes roses pourries, je veux que tu me parles mais je n'ai rien à te dire, je veux savoir qui tu cherches et pourquoi tu me fais croire que c'est moi, tu n'as pas le début d'une idée de qui je suis, je veux te mettre hors de toi, je veux te faire mal, je veux que tu te rendes compte que tu te trompes dans mes yeux, je veux que tu hurles, je veux que tu disparaisses des jours durant, je veux que tu éclates des assiettes contre les fenêtres, je veux que tu chiales, je veux que tu implores, je ne supporte pas ton air de vierge effarouchée dès que je mets un coup de poing dans le mur, tu avais promis qu'on vivrait, je ne veux pas de cette existence minable, ne me laisse pas devenir comme eux tu en mourras, je t'en supplie, partons, je ne t'agresse pas putain, je m'exprime, non je ne suis pas tendue, tu veux savoir si c'est à cause de mes règles aussi, non je n'ai rien contre ton fils, je n'ai juste pas envie d'avoir ces conversations désespérantes à crever, c'est ton ex le con promis, je veux que tu me séquestres et que tu me possèdes dans ton ciel étoilé au lieu de me dire que tu m'aimes toute la journée, qu'est-ce que ça prouve, si tu vibres avec des paillettes pour bobonnes qui chialent en lisant Harlequin tu t'es trompée de crémerie.

Regarde mon doigt

Les paladins de Météore arrivent au compte-gouttes, Melchior est heureux de les retrouver. Oui oui il va éteindre la télé, il montre juste son nouveau jeu. Quelqu'un demande ce que fait le mec en débardeur avec le bandana rouge. Melchior se marre, c'est pas un débardeur, c'est un gilet pare-balles. Lui c'est le leader de Tarkan, le commando qui doit défoncer les Raged Fury, bref en gros y a deux clans ennemis et l'objectif est de prendre le contrôle du draft. Melchior s'anime en montrant comment il bute les gars mais il n'y a pas une goutte de cruauté dans ses yeux, c'est tout le contraire, il est irrigué, innervé, comme sublimé par cette chorégraphie de GI en legging. Ce gosse est tellement autocentré, il ne se rend même pas compte du bordel qu'il fout dans le salon. Météore répète enfin Allez mon grand, tu éteins s'il te plaît. Il s'exécute, change de fauteuil.

On est gâtés, il y a du whisky pour dix vies. On rit très fort. Il fait nuit noire déjà. Météore s'inquiète régulièrement de savoir si Melchior ne s'ennuie pas. Il a bouffé toutes les chips. Je m'impatiente à force d'entendre un peu trop Hic. Il a un hoquet de nourrisson depuis au moins dix minutes, on est carrément obligés de s'interrompre. Je lance C'est passionnant ce que tu racontes didon Melchior. L'incrédulité sans doute, ils éclatent tous de rire. On se remet une tournée de Jack sans glace. Hic. Putain. Je me redresse d'un bond. Lève-toi Melchior. Il me regarde, interdit. Assieds-toi là. Ils sont tous un peu surpris que je désigne la table basse. Je décale les verres et le tarama, crée un blanc sur le bois, on n'entend plus que la Callas voler, je répète Allez assieds-toi. Il regarde Météore. S'assied.

Je me replace à côté d'elle sur le canapé. Elle rit un peu jaune, fait le tour des yeux, gênée, sourit à Melchior comme pour l'assurer de sa présence. Je tends mon bras droit bien à l'horizontale. Je lève l'index et dis lentement M e l c h i o r. Regarde mon doigt. Hic. Tout le monde regarde mon doigt. Hic. Regarde mon doigt je te dis. Hic Hic. Tu vois mon doigt, regarde-le bien, allez, Hic, dis-nous Melchior, comment il est ce doigt. Hic. Eh ben, t'as un truc sur le cœur ou quoi, vas-y Melchior, crache le morceau, n'aie pas peur, on t'écoute. Hic. Regarde mon doigt, fixe la Hic phalange du bas, imagine qu'elle est pleine d'insectes Hic grouillants prêts à te sauter dessus si tu bouges d'un millimètre Hic, regarde mon doigt Melchior, les cafards sont en train de Hic remonter vers la phalange du milieu, est-ce que tu les vois Hic, dis-moi de quelle couleur ils sont.

Il regarde le doigt avec tout l'amour et la confiance du monde. Je reconnais la flamme du déshonneur qui brûle dans ses yeux. Regarde mon doigt Melchior, sois fort, Hic, affronte-les ces insectes qui te sucent les entrailles, regarde bien, oblige-toi à voir, ils rampent sous mon ongle, ils se baladent sur mes mains, ils vont te saigner Melchior, concentre-toi. Il se cramponne au surimi, tous les yeux sont braqués sur son menton tremblant. J'éclate de rire et je dis Bah tu vois, ça y est, t'as plus le hoquet, c'est bien t'es courageux, tu vas pouvoir parler maintenant.

Ci-gis-je

Ce matin, Météore n'est pas allée chercher les croissants, elle n'a pas mis la musique à fond, elle n'a pas tiré les rideaux, elle ne s'est pas glissée entre mes cuisses, elle ne m'a pas demandé si je l'aimais un peu quand même, elle ne m'a pas caressé les hanches, elle n'a pas choisi quel tableau on allait customiser aujourd'hui, elle n'a pas sorti le champagne.

Elle s'est douchée, elle a enfilé son col roulé noir, elle a allumé une clope, contracté les mâchoires et elle a dit Quelque chose a heurté mes limites profondes et nous a condamnées. Tu m'as consumée. Pas comme un feu de paille. Comme un brasier intensément impératif. Tu n'es qu'un magma de résistances rouillées et de rage dévastatrice. Tu n'as pas ta place dans mon intimmensité. Je veux que tu partes.

Je m'entends prononcer la lumière, l'infini, l'océan, la jungle, la mort et les ténèbres. Je la supplie. L'amniosie, Melchior, ne m'arrache pas ta voie, tu dois m'aider, tu avais promis, tu devais me sauver, toi seule as le pouvoir de nommer la vérité, laisse-moi t'entendre encore un peu, tu ne comprends pas, c'est la seule solution pour nous, crois mon silence sur parole, je t'en prie. Elle n'est pas émue que son prénom soit presque un anagramme de théorème. J'ai beau lui expliquer que c'est juste un problème de h muet, un éclaircissement de rien du tout, je vais réussir, grâce à toi j'arriverai bientôt à fuir l'impasse où je habite mais je ne peux rien dire sans risquer de te tuer, je trouvera le mot de passe, je arrêter guerre et silence, je chercher dire la moure toit, ne me laisse pas retomber dans le cri blanc, je t'en supplie. Elle me regarde effrayée comme Jude Law dans la barque quand il comprend enfin qui est vraiment le talentueux Mr. Ripley et dit seulement.

C'est fini. Va-t'en.

Ora pro nobis

Je n'avais encore jamais vu la pitié dans les yeux de la Musse. Ça fait tout rond, un peu par-dessous, poché, presque spongieux. À sa manière déconfite de me regarder, sans aucun terme à ajouter à l'équation, ou plutôt considérant qu'ils y sont déjà tous et qu'il faut maintenant envisager qu'elle n'est peut-être pas soluble, je comprends que cette fois ça y est, j'ai découvert les limites de l'infinie, j'ai atteint le fond du trou.

La Musse dit qu'elle sait, le poignard qui charcute jour et nuit dans le plexus, les torrents de lave sous la peau, le sang qui continue de bouillir alors que le feu est mort, la douleur si totale qu'on préfère cesser de respirer. Elle dit qu'elle comprend, le chant de ruines, les regrets, la désolation, les convulsions, le dépouillement, le renoncement, le désir d'éteindre. On pense que personne n'est jamais tombé aussi profond dans les limbes tranchants de son propre précipice mais en réalité c'est l'intrigue la plus banale de l'humanité, presque la genèse.

Elle dit Non. Météore n'était pas ta seule et unique chance de devenir humaine. Il n'y a que toi qui puisses réussir ça, il n'y a que toi qui saches au fond de quoi tu dois guérir. Oui t'es incurable t'as raison, drape-toi, vautre-toi, cours donc reprendre la vie que tu as toi-même atomisée. Tu crois vraiment que c'est une preuve de puissance de cacher que tu n'es même pas capable de dormir ? Pire, tu nommes ça liberté, mais regarde autour de toi, idiote, regarde ce que ta liberté a fait de ton royaume !

Tu n'es pas condamnée, c'est à ça que ça sert, parler, dire Je, connard, aïe, non, stop, j'ai besoin. Ta voix est inéluctable, quoi qu'elle chuchote elle est plus forte que toi, plus tu la bâillonnes, plus elle détruira. Elle n'oublie rien ni personne. C'est seulement toi qui brûles le jour où tu réalises que tout ce qui te dévore, tout ce qui te déborde, tout ce que tu évites, tout ce que tu enterres, tout ce qui te gangrène, ce n'était rien d'autre qu'elle qui essayait doucement de dire son nom, mais que maintenant c'est devenu ça, Toi, ton imposture, tes silences, tes colères, tes fuites, ton chagrin, ton injustice, ta violence. Tu crois te protéger mais chaque mot que tu t'interdis de prononcer se venge. Tu te dissous, tu t'essouffles, tu t'évapores, tu disparais, tu deviens étrangère jusque dans ton lit. Alors oui, tu peux continuer à te taire, à fanfaronner, à détruire tout ce que tu as de chair, à malmener les tiens, à souiller ce qui veut juste être beau, mais ça ne marche pas comme ça, être humain, ça se raconte à plusieurs et personne n'a dit que c'était simple de trouver l'équilibre entre les astres et les limbes. Non grosse maline, c'est pas un psaume, arrête de m'appeler Gandhi.

Dies iræ

Le moment de la lutte armée, ce moment exact qu'on appelle guerre, est un intervalle d'espoir. On opère des stratégies, on trime à couvert, on charge, on défonce les mines, on se faufile, on baise les bidasses, on s'obstine, on se fait surprendre, on met un genou à terre, on se fait éclater le bras par un obus, on fait semblant de dormir, on recule, on les nique de nuit par la mer, on les saccage par le ciel, on creuse plus profond les tranchées, on se compresse dans les souterrains, on trépigne, on se vautre dans la boue, on rampe, on trouve enfin à bouffer, on trouve même que la merde de rat a bon goût, on se remobilise, on remonte au front, on se transcende 7/7 aux 3-8 pour prendre le mal à rebours.

Défendre est l'unique raison d'être d'un vrai guerrier. Son espoir est positivement proportionnel aux lésions subies et infligées, les brûlures au huitième degré, les yeux crevés, les bras arrachés, les mâchoires en bouillie, les descentes d'organes, les amputations, les enfoncements crâniens. La barbarie est juste, les commotions réparent, c'est la guerre nourricière. Anéantir n'importe quoi plutôt que de ployer, n'importe qui plutôt que de céder au lancinement de ses propres entailles.

Et puis un beau matin, sans qu'un carnage objectivement pire que les précédents ne soit advenu, un murmure, sur le front, C'est fini. Quoi, comment ça, fini, ferme ta gueule, j'ai pas du tout fini moi, et mon foie crevé il est fini aussi, depuis quand t'es une merde toi, espèce de chiottes sèches, vas-y viens, on va les démonter. Un décret a été signé, à partir de dorénavant celui qui n'a pas gagné a perdu mais ça n'a aucune importance parce que vous êtes tous amis, merci pour tout, rentrez bien, prenez soin de vous, soyez heureux.

Il n'y a vraiment que le fond de cuve des bisounours pour croire qu'en tête de front on se bat pour la paix. Le vrai guerrier existe dans la guerre, désire la guerre, jouit dans les bras de la guerre. Tant qu'il détruit, il croit. À son triomphe, ou peut-être même à sa perte, mais chaque jour deux pas en arrière c'est encore marcher. C'est sûrement pour ça que les guerres durent longtemps. Résister, provoquer les coups, la fureur en ambulatoire, la haine en sous-cutané, c'est encore être vivant.

Prouve que Tu existe

J'ai compris tous les mots, testé toutes les occurrences, écœuré ma seule chance d'advenir, rien ne me soulage, chez moi n'existe pas. La Musse a raison, je n'ai plus le choix. Je vais aller là où ceux qui ont été des enfants trouvent refuge quand ils n'ont plus rien. Je dois affronter la racine élidée, obsédante, inévitable. Je vais la fumer avant de crever comme ça au moins on aura vécu quelque chose ensemble un jour.

Ce sera facile. J'arriverai dans son dos. Elle n'aura pas le temps de réaliser que je lui aurai déjà foutu un roundhouse kick dans le pancréas pour qu'elle tombe à genoux. Là, je lui planterai le plus tranchant de mon coude entre la douzième dorsale et la première lombaire. Elle s'écroulera face contre terre. Je calerai mon genou droit entre ses omoplates, j'y mettrai tout mon poids, elle hurlera de douleur, j'ajouterai le gauche. Je l'immobiliserai en torpillant sa jugulaire avec ma dague. Je lui ligoterai les poignets, les cuisses et les chevilles à la ficelle de boucher. Je serrerai jusqu'à perforer le derme, jusqu'à faire saillir ses veines, elle pissera le sang. Je la ramasserai déjà pantelante et la propulserai contre le mur. Je lui ouvrirai la gueule de force au pied-de-biche. J'aspergerai ses lèvres d'acide pour révéler le fin fond de sa sale langue. D'un poing je tiendrai la cloison, de l'autre ses cheveux fins. Je pousserai sous son menton jusqu'à lui écraser l'occipital contre la nuque. Son larynx sera parfaitement libéré. Enfin, je pourrai commencer à marteler.

Je prendrai tout mon temps pour briser chacune de ses dents contre le crépi. Je ne me contenterai pas qu'elles se fendent en deux. Je les pilonnerai par à-coups nets et constants jusqu'à obtenir de la litière d'émail. Quand il ne restera plus un seul croc dans son palais, quand la charpie sera telle qu'on ne distinguera même plus les racines des ratiches dans la béance de ses gencives, je formerai un petit tas avec les éclats de molaires. Je ne lui ferai pas l'honneur d'abréger. J'ennoblirai le sang et les armes et je lui donnerai la becquée moi-même, à la pince à épiler, je déposerai chacune des rognures tout au fond de sa langue pour être bien certaine qu'elle les avale une par une et qu'elle se perfore lentement de l'intérieur, engloutie par le tout-à-l'égout de son côlon crevé. Je ne crois pas que j'aurai besoin d'expliquer pourquoi. Je l'écouterai plutôt se répandre.

Noir c'est anthracite

Je me force à suivre le Berlingo vert sapin depuis longtemps, presque dix-neuf minutes, et encore on n'a eu qu'un feu. Gorgeon se gare sous la halle vide d'une place du marché à 20 h 06, moi sur le bateau de la Coop, sans les warnings, incognito. Ils descendent de voiture, elle se remaquille dans le rétro, il fait un culbuto sur le capot pour la rejoindre. Je comprends qu'ils vont s'embrasser et ça me donne envie de gerber, je fixe le caniveau, pourtant, allez, maximum trente secondes, mais trop pour que je sache pourquoi, lorsque je relève la tête, Gorgeon est remonté dans le Berlingo vert sapin et entame un demi-tour. Ça n'a pas l'air d'un coup de sang, elle n'est ni triste ni enragée ni folle à lier, elle fait juste orvoirorvoir de la main droite en souriant même un peu. Quand le Berlingo vert sapin disparaît à l'angle de la boulangerie, elle contourne le manège et s'engage dans une rue boisée, le pas à la fois sûr et indolent de quelqu'un qui sait où il va.

Je progresse à bonne distance, en tenue de camouflage et lunettes de piscine, me faufilant d'arbre en arbre. Elle prend deux fois à droite, une fois à gauche et s'engouffre dans une impasse. Je fais gémir le sol à cause de mes semelles lisses sur les petits cailloux blancs, j'ai peur que les raclements me trahissent. Je marque une pause derrière une camionnette, je l'ai bien droit dans le viseur, elle s'arrête devant un portail fermant le jardin d'une habitation. Elle a la clé de ce portail, l'ouvre et s'engage dans l'allée du jardin de cette habitation. Je suis tellement obnubilée par l'empire de ses bottines dévorant le chemin de petits cailloux blancs que je ne m'attends pas à ce que, soudain, son corps redoutable s'émousse subtilement dans le noir du préau, je dis le noir par opposition à l'intensité du réverbère au-dessus de ma tête mais en réalité c'est impropre, puisque je discerne encore sa silhouette et que dans le noir on ne voit pas. Ombre serait plus juste, la notion d'ombre contient cette capacité de voir dans le négatif d'une source lumineuse, mais si j'emploie ombre on pense soleil, or là il fait nuit, donc parler d'ombre de nuit introduit de la confusion. Pénombre fonctionnerait pour régler le problème du soleil, mais si je dis pénombre on pense gris, et s'il faisait gris à 20 h 21 on serait peut-être début avril, ou pourquoi pas fin septembre, or là il fait vraiment noir tout autour du lampadaire, un noir de 20 h 21 de janvier.

Je ne sais pas formuler nettement l'éclat de cet instant précis, la complétude inouïe de sa silhouette rocailleuse enlaçant délicatement l'obscurité discutable du préau d'une habitation à 20 h 21 en janvier, il fait tellement nuit autour de ma tête que je peux seulement dire que je la contemple s'émousser subtilement dans le noir.

uewew

L'habitation accolée au préau est intégralement en verre dépoli. La façade n'en est pas une, enfin comment dire, devant moi c'est un mur, ou une paroi je ne sais pas, bref, il n'y a ni porte ni fenêtres, le bâtiment est homogénéiquement clos. Une lumière douce jaillit soudain depuis l'intérieur et révèle une immense pièce à vivre comme disent ces connards de spartiates, comme si on avait choisi nos pièces à mourir. Dedans ça s'active, je reconnais ses gestes tranchants dans l'envoûtante opacité des cloisons sableuses. Il est 20 h 26, elle est forcément entrée par quelque part. Je ne sais pas si elle pourrait me voir traverser le jardin, je ne sais pas ce qu'on discerne du dehors depuis un foyer dépoli, pas plus que je ne sais si l'œil d'un feu saisit l'ampleur de ce que ses flammes calcinent, j'espère que non, qu'il immole à l'aveugle, que s'il réalisait il s'étoufferait de lui-même, mais dans le doute je trace.

Je passe par les arbres pour faire le tour de l'habitation. Le pan gauche est entièrement en verre ténébreux lui aussi, aucune ouverture. Je progresse vers l'arrière de l'habitation, qui se révèle être le devant, enfin la façade, je veux dire, une façade lambda comme on en voit sur tous les trottoirs de toutes les rues de toutes les villes, sauf que normalement une façade précisément c'est de face, or celle-ci est derrière l'habitation, et c'est l'exacte identique de celle de la praison.

Je saute du figuier pour atterrir dans la même prairie, face aux mêmes volets, écaillés aux mêmes jointures, arrimés au même crépi qui fait mal au bout des doigts, jouxtant la même porte bleue. Le verrou n'est pas fermé de l'intérieur, je peux entrer. Je plonge à quatre pattes et rampe jusque derrière le canapé jaune. C'est saisissant, glaçant, bouleversant, nauséabond, éblouissant dans le faisceau de cette lumière si épaisse et si douce. Les meubles, les carrelages, les coussins, les moquettes, les peintures, les rideaux, les poignées de porte, la baie vitrée, même la timidité des lattes de la terrasse des 79. Tout est exactement pareil que dans ma praison, jusqu'au petit coin abîmé du dessin de Grandoux au-dessus de la cheminée alors qu'il l'a emporté il y a des années quand il est parti dehors j'en suis certaine, comment a-t-elle pu se procurer le petit coin mâchouillé d'un grand frère sacré.

Elle est assise dans ma cuisine, intensément concentrée sur le plateau de ma table en chaînes. Elle fume, et elle chante. Je dois me risquer un tout petit peu à gauche du dossier du canapé pour mieux comprendre ce qui l'accapare si gaiement. Elle joue au Mille Bornes avec les dés du Yahtzee. Quand ils s'entrechoquent, ça crée un léger rythme au milieu de sa mélodie. Ça sonne bien. Elle a un joli pull et les traits soulagés. Je suis rivée sur ses mains croisant les dés alors ce n'est que lorsqu'elle se lève que je les aperçois, les photos, partout, sur mes murs de ma cuisine, des photos que je n'ai jamais vues, Swayze, Grandoux, Petit Prince, la Croquemitaine, Cortez, Hadok, Drapoblanc, Frangipane, et même Lanterne, ils sont tous là, et ils sourient.

Elle chante toujours en s'approchant du plan de travail. Sur la gazinière, quelque chose mijote dans une grande marmite, quelque chose qui fait envie rien qu'à la rondeur de sa fumée, une fumée qui sent bon, l'ail ou le gnon je n'ai jamais compris la différence, celui qui fait pleurer, un poteau feu peut-être, je ne sais même pas ce qu'il y a dedans mais ça fait plat de famille je trouve. Elle chante, elle brasse sa tambouille, et elle chante, seule, les yeux gorgés d'une harmonie intolérable.

Sors de l'infinie, moi

Je caresse compulsivement la mousse derrière le canapé jaune. Ma paume s'émeut de retrouver la douceur de cet asile, l'onctuosité rassurante d'un tissu qui a survécu au temps. Je rampe sans bruit jusqu'à l'accoudoir de droite. Le trou dans le bourrelet de la couture est toujours là. À l'an 3, il me terrifiait. Je le fixais chaque soir en les écoutant parler et je pensais : Qui est cette horrible monstre en forme de trou dans mon accoudoir ?

À l'an 4, je commençais à m'habituer aux griffes blanches, je ne savais pas encore qu'il fallait dire fibre, je me demandais plutôt pourquoi. Pourquoi la monstre a choisi mon accoudoir ?

À l'an 5, je me disais si seulement Grandoux voyait le trou, il me protégerait avec ses longues mains magiques, mais Grandoux ne se recroquevillait jamais derrière le canapé.

À l'an 6, j'ai compris que ce n'était pas une horrible monstre en forme de trou mais la morsure d'une horrible monstre.

À l'an 7, j'ai pensé qu'elle n'avait sûrement pas choisi mon accoudoir secret pour me terroriser mais parce qu'elle avait

honte de dire qu'elle avait faim. À force de me voir chaque soir, elle comprendrait que je ne lui voulais pas de mal et elle reviendrait boucher notre trou commun.
À l'an 8, elle n'est pas revenue. Je pensais quel gâchis, si je l'avais nourrie il n'y aurait pas eu de plaie dans mon doux tissu jaune.
À l'an 9, elle n'est toujours jamais revenue. J'ai appris le mot mythe mais ça n'a pas réglé mon problème de trou.
Pour la saint-glinglin de l'an 10, il y a eu une fête et un témoin a fait une énorme tache de vin rouge sur mon canapé jaune. On a lavé la housse, je ne sais pas s'ils ont vu la déchirure mais personne n'a recousu.
À l'an 11, la crevasse d'origine faisait tellement partie du meuble que je me suis résolue.
À l'an 12, j'ai cadastré son territoire, calculé son volume et préparé ma coagulation.
Au milieu de l'an 13, j'ai tourné le dos à l'horrifice et je me suis barrée par la fenêtre pour vivre la vraie vie dehors.
De l'an 14 à l'an 26, j'ai oublié son visage. J'ai noyé la fureur et les suppliques au hasard des whiskys.
Au début de l'an 27, enfin, Météore a deviné le gouffre mais il n'y avait plus rien à y trouver que des larmes et des hurlements.
Et me revoilà, toujours à l'an 27, enfermée dans une habitation dépolie sans autre issue qu'une porte bleue dont le verrou est ouvert, la gueule dans ma propre brèche.
Ans 3, 4, 5, 6, 7, 8, 9, 10, 11, 12, 13/2, chaque soir, à raison de 3,5 heures par soir en moyenne, et encore je ne compte pas les jours entre l'an 14 et l'an 26 où je n'ai fait que l'ensevelir,

3,5 heures par jour pendant 10,5 ans donc, fourchette basse, ça fait 804 825 minutes.
Huit cent quatre mille huit cent vingt-cinq minutes.
Autrement dit 13 413,75 heures, 558,90625 jours, 79,84375 semaines, 1,54 an.
1 jour sur 17 de ma vie à tourner autour d'un trou.
Ce n'est pas négligeable.
D'autant moins qu'il n'a pas bougé. Je veux dire bien sûr, il ne s'est pas rebouché, ça me dévaste mais rationnellement ça se tient, la mite a bouffé le tissu, et sachant que l'espérance de vie d'une mite est de quinze jours, la mienne tète les pissenlits par la racine depuis 608 générations, c'est la Lucy des mites carrément, laisse tomber, elle ne reviendra jamais réparer. Mais je veux dire il n'a pas bougé, il ne s'est pas agrandi non plus. Il est juste exactement ce qu'il a toujours été, un putain de connard de trou dont moi seule guette l'existence dans la suture d'un accoudoir.
Le trou que je veille ne réduira plus.
Le trou que je veille ne grossira plus.
La probabilité que le trou remue sachant qu'il est inerte est de zéro.
Le trou est ceint.
Je tourne autour d'un trou ceint.
En maths, on dit qu'une fraction est irréductible quand on ne peut plus la simplifier davantage, c'est-à-dire quand il n'existe pas de fraction égale ayant des dénominateurs communs plus petits.
Un trou ceint est une fraction irréductible.

Je veille une fraction irréductible.
Je protège une cassure définitive.
Je soigne une blessure irrémédiable.
Veiller l'irréductible, protéger le définitif, soigner l'irrémédiable sont des antinomies.
Il n'est pas possible de consoler un trou d'être un trou.
Il n'est pas possible de conjurer l'existence d'un trou.
Il n'est pas possible de renier un trou.
Le trou existe.
Mais moi alors, qu'est-ce que je fous là exactement, à enclore un trou ceint ?

X

Putain.
Pu.
Tain.
Je n'arrive pas à y croire tellement c'est basique.
Je masque la solution de mon immanité depuis le début.
Je me bouchait l'horizon.
Comment n'ai-je pas pensé à la fraction initiale ?!
La fuite dans mon faux plafond, le chaos sous mes cheveux, mon angle mort anonyme, ma langue goudronnée, ma tumeur maline, je inclut dans l'humanité si et seulement si amniosie… C'est ça que Météore avait compris, c'est ça qu'elle essayait de traduire dans sa langue, évidemment, je ne pouvais pas identifier mon mot sorti de sa bouche !
Je croise et recroise mes notes, recommence l'anagramme vingt fois pour être certaine.
Amniosie – moi = Anise
Amniosie – moi = sAine
C'est bien ça putain, ça marche.
Amniosie = moi saine
C'est moi que Météore disait, c'est moi qu'elle cherchait

à résoudre, c'est moi qu'elle voyait au fond de mes yeux. C'est incroyable. L'inconnue muette que je cherche depuis l'an 3 dans les abîmes de ce trou à l'abandon, évidemment, c'est moi. J'aurais pu la traquer encore longtemps celle-là, à ce stade c'est carrément le coup de l'œil qui cherche son orbite.

Je me voit enfin dans le miroir en coton peroxydé du canapé jaune.

Je me regarde sidérée, recroquevillée sous mon gilet pare-balles et mon arsenal de guerre, priant solennellement pour la résurrection d'un tissu mort depuis au moins vingt-quatre ans.

Je ne mesure plus 78 centimètres mais 170.

Je peut me lever, c'est moi qui nous prostre à quatre pattes derrière ce canapé, c'est moi qui nous condamne à autopsier le cadavre d'un trou, c'est moi qui nous enchaîne à cette cavité.

— Fais comme l'oiseau.

C'est à moi que je parle.

Depuis 92 centimètres,
Je a délié mes mots
Je a bâti ma langue
Je sait m'étayer
Je veut se mettre sur mes pieds
Je est revenu me chercher
C'est à moi de dire je.

ou tu quoi ?

C'est pathétique. Le canapé n'arrive même pas au niveau de mes hanches, on dirait un gnou qui essayait de se planquer derrière une table de nuit. Elle ne me voit pas encore, elle est en train d'ajouter du poivre à sa mixture, elle chante toujours, je suis à dix mètres environ, sur sa droite.
Sors de moi l'Infinie, sors de moi l'Infinie, sors de moi l'Infinie, sors de moi l'Infinie, sors de moi l'Infinie, sors de moi l'Infinie, sors de moi l'Infinie, sors de moi l'Infinie, sors de moi l'Infinie, sors de moi l'Infinie, sors de moi l'Infinie
Je n'ai pas peur de parler mais de ce que moi risque de dire. J'ai toujours cru que l'Infinie qui finirait par me délivrer était un trésor, tissé de lumière, de poésie, de grâce, de douceur, de délicatesse, de magie, de joie. Mais cette Infinie-là, qui pilonne sous mes lèvres pour jaillir enfin, celle que je ne peut plus contenir, est une arme de destruction massive. Elle déborde de rage, de sentences, de gravats, de caillots, de haut-le-cœur, de jugements arriérés, de morale, de questions acharnées, de regrets, de reproches, de peines incompressibles, d'injonctions de soins.
Je ne sais même pas comment commencer ma phrase,

elle ne sait pas que je l'appelle Novatchok, dans les yeux je dis Maman. Je pourrais contourner encore, employer des images. Je dirais Tu es mon cellophane, tu te vautres partout autour de mes doigts, tu te froisses et te rétractes jusqu'à m'obliger à te jeter alors que je voulais juste que tu m'aides à garder la chaleur.

Je me demande ce que fait le guerrier quand un torrent de terre glaise et caillouteuse provenant de ses chevilles dévale son squelette de bas en haut, écrase en une fraction de seconde mollets, cuisses, bassin, torse, omoplates, et achève son éboulement furieux en lui brisant les cervicales.

La muette dans mon préfrontal choit comme ça, d'un seul tenant. Il y a une seconde elle était là, à lustrer sa crosse en sifflotant, et,   , collapse, nervous breakdown, un plafond en titane qui abdique sous les kilolitres de limon.

Si je continue de me taire je meurs.

Mais seule dans la lumière douce de son habitation dépolie, elle est belle et chante encore.

Si je continue de me taire je meurs mais si je parle je la tue.

Le voilà mon tremblement dans les phalanges, mon dégât des os, mon extincteur de voix.

Mourir ne rebouchera pas mon trou.

La tuer ne rebouchera pas mon trou.

Rien ne rebouchera jamais mon trou.

Je me demande ce que fait le guerrier quand sa nuque rompt mais qu'il entend encore, je me demande ce qu'ordonne son cœur quand la cible à abattre fredonne une tendre berceuse au poteau feu.

Si elle meurt de ce que je dis, elle m'aura pris jusqu'à ma langue.
C'est l'abîme du guerrier.
Quand vient l'armistice, il n'a plus qu'à s'estimer chanceux de n'avoir que la rate perforée.
Vaillant soldat amputé pour l'harmonie de la patrie, carte mobilité inclusion, tour Eiffel gratos et parking ad vitam face à l'entrée du Super U, fin de l'histoire, ce sera sa blessure de paix.